大江戸秘密指令2
景気回復大作戦
伊丹 完
時代小説
二見時代小説文庫

目次

大江戸秘密指令2——景気回復大作戦

第一章　江戸の不景気

一

「おお、外はちょいと寒くなってきたようだね」

日本橋田所町の亀屋の主人勘兵衛は表へ一歩踏み出し、ぶるっと肩を震わせた。

十月も半ばを過ぎ、初冬である。

「さようでございます。朝晩はだんだんと冬めいてまいりました。旦那様、お気をつけて行ってらっしゃいませ」

「うん、行ってきます。なあに、すぐそこだ。いつもと同じ、すぐに戻るよ」

「はい、朝餉の支度、整えておきます」

出ていく勘兵衛を見送りながら番頭の久助は頭を下げる。

亀屋は大通りからかなり引っ込んだ横町の小さな絵草子屋だが、一応は二階建ての一軒家である。主人勘兵衛は毎朝、判で押したように明け六つの鐘が鳴ると起きだし、二階の居室から下りて、厠で用を済ませると、下の座敷で久助のいれた茶をうまそうに飲み、店のすぐ近くにある長屋の見廻りに出かけるのを日課にしている。おかげで久助は夜明け前に毎朝、ぱっちりと目が覚める。勘兵衛は絵草子屋の傍ら、長屋の大家も兼ねており、そちらのほうが重きをなしている。

久助は表戸を閉めて、二階へ上がり、主人の寝ていた夜具をささっと片付け、台所へ戻る。そろそろ飯が炊きあがる頃合だ。勘兵衛が戻る前に味噌汁と菜を用意する。とはいえ主従ともに粗食なので、朝は梅干しと漬物があればそれでいい。昨夜の残り物を添えることもある。

亀屋には女中も小僧もいない。奉公人は久助ひとりなので、店の商売はもとより食事の支度や洗い物、掃除、洗濯などの家事から勘兵衛の身の回りの世話まですべて引き受けている。それが苦になるかといえば、まったくならない。商売は閑だが楽しいし、こんなに気楽な暮らしはないとさえ思える。

ひとつには勘兵衛の人柄がおおらかなこと。元はお侍で剣術の名手らしく眼光鋭く、物腰も武張っていたが、亀屋が開店してこのふた月の間、小言ひとつ聞いたことがない。最初のうち、一度だけこんなことがあった。その頃、久助は飯の支度にまだ慣れていなくて、昼餉の際、火加減がうまくいかず鍋の煮魚を焦がしてしまったのだ。煮汁は干上がり、黒く固まった魚が鍋にこびりついていた。

叱られるかと思いきや、勘兵衛は鍋からはがした焦げ魚をうまそうに食った。久助が平謝りに謝ると、大事ない、心配いたすな、苦みも薬味同然じゃと笑う。男のくせに食い物に細かいことをぐちぐち言う輩は風上にも置けぬとのこと。元お侍ながら気難しいところはなく、三食ばかりか掃除にも洗濯にも文句など出ない。朝の茶を飲むときは、いつもすまないねと礼を言われる。万事に寛容なご主人様に仕えて、こちらこそ、ありがたすぎて浮き浮きしてしまう。

加えて、他に奉公人がひとりもいないのもうれしい。勘兵衛は主人であっても商いには素人同然で、店の取り仕切り、品物の仕入れ、お客との応対、帳簿付けまですべて番頭の久助が任されている。家事万端も女中や小僧がいないので、命じたり命じられたり気を遣うこともなく、好きな段取りで勝手気ままに働ける。ああ、なんて気持ちがいいのだろう。

久助は今年二十になるが、生まれは神田で大工のせがれだった。小柄であまり丈夫なほうではなく、親父に言われた。おまえは力仕事には不向きなようだ。だけど、利発なところがあるから、読み書きや算盤を覚えて、商人になるのがいいだろう。なにも大工のせがれが大工にならなきゃならないってことはないからな。ものの道理をわきまえた親父だった。

大工の稼ぎはなかなかよくて、小さいうちから手習いに通わせてもらった。この子は筋がいい、読み書きが得意なので本屋が向くだろうと、十三のときに師匠が地本問屋の井筒屋に紹介してくれて、小僧になった。

本屋といっても通旅籠町の井筒屋が扱うのは洒落本、読本、人情本、滑稽本、狂歌本、浮世絵など軽い読み物や版画で、また版元としてもいろいろと手掛けており、日本橋界隈でも名の知れた大店である。幼い頃から手習いの片手間に黄表紙や戯作を夢中で読んでいた久助は水を得た魚のように次々と仕事を覚え、十七で手代となり、取引先の版元や小売り店とも応対できるようになった。

今年の七月下旬、主人の作左衛門に奥座敷に来るようにと言われた。床の間を背にどっかと座る作左衛門は中肉中背で、ふっくらとした福々しい顔つき、還暦は過ぎているが年齢よりも若く見える。

「久助、おまえ、以前に親御さんが亡くなっていたね」

「はい」

二年前、おふくろが風邪をこじらせ、三日ほど寝込んで亡くなった。それからひと月しないうちに、親父が普請の最中、高所から足を滑らせて落下し、打ちどころが悪くて死んでしまった。大工の腕はよかったのに、猿も木から落ちたのだろうか。息子から見ても両親はけっこう仲のいい夫婦だった。おかげで、あの世からおふくろが親父を呼んだんじゃないか、あるいは親父が未練で惚れたおふくろのあとを追ったんじゃないか。そんなことをあれこれ噂する者もいたほどだ。

「おまえ、他に身内はいないのかい」

「兄弟も親類縁者もございません」

作左衛門は軽く溜息（ためいき）をつく。

「そうか。で、どうだい。そろそろ番頭になってみないか」

「え、わたくしがですか」

いきなり言われて驚いた。井筒屋には男の奉公人は多いが、年配の番頭が三人、その下に手代と大勢の小僧が働いている。

「うん、おまえももう二十だ。勤めて七年、飲み込みが早く仕事もよくできる」

「ありがとうございます」

「だがな。番頭とはいっても、ちょいとややこしい仕事でね」

井筒屋の商売が順調なのは奉公人としてわかっている。が、ややこしい仕事とはなんだろうか。

「わたくしでお役に立てますのなら」

「うん、やってくれるかい」

「ぜひとも」

どんな仕事であろうと、やりがいはあるだろう。

「実は田所町に小さな絵草子屋を出そうと思っている」

「田所町でございますか」

同じ日本橋界隈で通旅籠町の井筒屋からそう遠くない。

「内実はうちの出店になるが、表向きは一本立ち、井筒屋と今まで縁のなかった人に主人を勤めてもらう。で、おまえにはそこの番頭になってもらいたい」

やり手の作左衛門がさらに商売の手を広げるつもりだろうか。

「こちらではなく、新しいお店でございますか」

「いやかい」

「いいえ、ぜひやらせてくださいまし」

「そうかい。やってくれるか」

作左衛門は満足そうにうなずく。

「わたしが田所町に長屋を建てているのを、おまえ、知っているだろう」

田所町に古い朽ちかけた今にも倒れそうな裏長屋があって、作左衛門が今春、そこを土地ごと買い取り、すぐに馴染みの棟梁（とうりょう）が普請に取り掛かった。新築の長屋がもうほとんど出来上がっていることは、店の者みんなが知っている。

「伺っておりますが」

「絵草子屋の屋号は亀屋、そして、新しくできる長屋の大家さんが決まったら、その人に亀屋の主人も勤めてもらう。おまえには亀屋の番頭として、大家さんの世話もしてもらいたい」

なるほど、大手の井筒屋とは別の小さな絵草子屋か。が、小さかろうと井筒屋の息がかかっていて、そこで番頭とは、願ってもない出世の緒（いとぐち）になるだろう。

「わたくしにできますことなら、引き受けさせていただきます」

「それを聞いて、わたしも一安心だ。他の者にはできない相談でね。おまえを見込んで頼むんだ」

「ありがとう存じます」

「これから大事な話をするよ。これはわたしとおまえだけの内密の話だ。他に漏れたりしたら一大事、大勢の人に迷惑がかかる。いいかい」

久助は息を呑み込む。どうやら、ややこしい話というのはここかららしい。

「長屋は十軒長屋で、空き店が一軒あるが、九人の店子は決まっていて、来月早々にはみなさん、移ってこられる。九人、どなたも独り者だ。そして、大家さんには亀屋に住んでもらうつもりだが、これがまだ決まっていない」

「まだなんですね」

「今、詰めているところでね。だから、おまえにはまず、店子のみなさんのちょいとした世話を頼みたい」

「さようでございますか。かしこまりました」

「大家さんが決まって亀屋に越してこられたら、すぐにみなさんにお引き合わせだ。これにはわたしも立ち会うつもりだよ」

「へえ、旦那様がですか」

「まあ、わけがある。で、いろいろと忙しくなるだろう。おまえにはさっそく亀屋を開ける支度に取り掛かってもらう」

「承知いたしました」

「さて、ここからが大事な話だ」

えっ、まだ大事な話があるのか。久助は襟を正す。

「おまえは小石川の松平若狭介様のお名前を聞いたことがあるか」

「松平若狭介様、ああ、そのお方、昨年、お若くしてご老中になられたお大名ですね」

「よく知ってるじゃないか。それなら話も早い。大きな声では言えないが」

作左衛門は声をひそませる。

「間もなく長屋に移られる店子の方々、みな羽州小栗藩松平若狭介様のご家中だ」

話が奇妙な方向に向かう。

「え、いったい、それはどういう」

「店子九人のうち、五人の方々は職人や小商人で町人、その他、ひとりは浪人、もうひとりは武士とも町人ともつかぬ易者、女の方おふたりが産婆と女髪結、だが、みなみな元はお屋敷勤めのお武家のご身分だ」

かなりややこしい話のようだ。久助は首を傾げる。

「ええっと、旦那様が建て替えられる田所町の長屋に店子として入られる方々が、みなさん元はお武家のご身分、それも小栗藩松平若狭介様のご家中。旦那様といったいどういうつながりがあるんですか」

「そこだよ、肝心な点は。正直な話、長屋を建て直したり、横町に絵草子屋を開いたりするについては、わたしはさほど懐を痛めてはいないんだ」

久助ははっとする。井筒屋作左衛門といえば、一代で財を築いた商売上手の才人である。儲けにならない商いには決して手を出さないはずだ。

傾いた古い長屋なら安く手に入るだろうが、土地もいっしょとなると、相当に値が張るだろうし、手続きも厄介である。古い家屋を壊して、一から新築では材料費もかかるが、大工の手間賃も馬鹿にならない。久助は父親が大工で日銭を稼いでいたので、そのぐらいはわかる。なにしろ、新しい長屋が建つまでに半年もかけているのだ。さらに隣接した仕舞屋を買い取って、大家の住まいにするため絵草子屋に改装とは。

九尺二間の裏長屋の場合、店賃は一軒で月々五百文ぐらいが相場、新築ならばもう少し取れるだろうが、たいした額にはならない。十軒長屋で店子が九人、月にせいぜい五千文がいいところ。五千文なら金に換算して一両ほど。月に一両の利益なら年に十二両、閏月があっても十三両である。

絵草子屋にしたところで、当たるかどうかわからない。わずかな利のために、莫大な金を投じて裏長屋を新築するなんて、どう考えても変な話だ。なるほど、そんな裏があったのか。

「ははあ、松平様からのご援助がおありで」

　作左衛門はうなずく。

「察しがいいね」

「しかし、また、どうして松平様が」

「うん。おまえ、隠密（おんみつ）という言葉を知っているかな」

　なんだろう。聞いたこともない。

「さあ、存じません。餡蜜（あんみつ）なら、おいしゅうございますが」

「ぷっ」

　作左衛門は思わず吹き出す。

「おまえ、真面目な顔をして面白いことを言うね。餡蜜じゃないよ。隠密。ほんとに知らないかい」

「さあ」

　甘いものは好きだが、隠密は知らない。

「まあ、知らなくて当たり前だ。簡単に知られては困る職分だからね。九人の方々、どなたも元のご身分は隠しておられ、名乗られるお名前も作り事だ。ご公儀や各藩で配下をあちこちに潜ませ、いろいろと探索させる。正体を知られないように名前や商売も変えてね。それが隠密だ」

そう言われて、久助はぽんと膝を叩く。

「ああ、間者のことでございますか」

「うん、おまえ、間者なら知ってるんだね」

「戯作で読んだことがございます。忍びの術を使うとか」

作左衛門はにやりとうなずく。

「まずは、そんなようなものだ」

「しかし、旦那様」

久助は考え込む。

「どうして、ご老中お抱えの餡蜜、じゃなくて隠密のお世話を旦那様がなさるのですか」

「それを聞いたら、おまえはもうあとには引けない。これは店の者、古参の番頭さえ知らないことだ。いいかい」

黙ってうなずく久助に作左衛門は次の話を長々と語る。

自分は商人になる以前は小栗藩松平家に仕える家臣であり、先代藩主の元で隠密を務めていた。そのときの上役が江戸家老の田島半太夫様である。二十年前、お役御免を願い出て藩籍を離れ、町人となり貸本屋を開いた。開店資金は松平家から慰労金として出たものだ。商売は順調で貸本屋から地本問屋に、さらに店は大きくなり版元も兼ねるまでになった。

昨年、松平家のご当主である若狭介様が若くしてご老中になられ、諸国の手本として江戸の民の平安を心がけ、存分にお力を発揮なさりたいとのこと。その手段のひとつとして隠密を町に潜ませ、密かな世直しに着手したいが、いかがであろうとご家老様よりわたしに相談が持ち掛けられた。そこで思いつき、ひとつの長屋にひとまとめに潜ませることを提案してご承諾いただき、田所町の裏長屋を買い取り建て直しを図った。隠密は正体がばれてはいけない。まさか、裏長屋の住人がみな、ご老中の隠密だなんて、決してだれも思うまい。

九人の方々はそれぞれ特技の持ち主で、半年かけて町人になる修練をされた。隠密の頭目として長屋の店子を差配する大家を脇の絵草子屋の主人にする案も通り、長屋と同時に仕舞屋も買い取って小ぎれいな店に改装した。それが亀屋だ。今、大家を決める最後の人選を行っているとの知らせをご家老様よりいただいた。

「というわけで、久助、おまえには亀屋の番頭として、大家さんの世話をしてほしい。内々の役目であるため、女中も小僧も置かず、奉公人としておまえひとりに働いてもらいたいのだ。おまえを選んだのは、仕事もできるが、親兄弟も女房子もいないからだ。人の口に戸は立てられないというだろう。もしも、このことが表沙汰になり、公儀に知られたりすれば、小栗藩松平家は窮地に追い込まれ、井筒屋は潰れ、おまえもわたしも生きてはいられない。どうだ、久助、覚悟はよいか」

「ははあ、承知いたしました」

久助は多少芝居がかって、畳に額をすりつけた。命がけの仕事であるが、それほどの大事を任されるとは男冥利につきる。

さっそく絵草子屋の準備をし、作左衛門の手配でいつでも店が開けられるようにした。まるで井筒屋から暖簾分けしてもらい、自分自身の店を出すようなうれしい気分だった。

間もなく長屋も完成して、八月になるとすぐに九人の店子が入居し、久助は毎日、通旅籠町から田所町へ出かけて、長屋の世話に明け暮れた。

「どうだい、久助。みなさんのご様子は」

作左衛門から奥座敷に呼び出され、久助は経過を報告する。

「いささか、驚きました」

「そうなのか」

「みなさん、元はお武家様とのことですが、どこから見ても裏長屋の町人です。大工の半次(はんじ)さんなど、まるでわたくしの父親にそっくりで」

「はは、そうだろう」

作左衛門は笑う。

「おまえの親父さんも大工だったな。半次さんはお屋敷では作事方(さくじかた)を勤めておられた」

「作事方でございますか」

屋敷の修理や建て増しを行う役職である。

「そうなんだが、どういうわけか芝居がお好きで、それが高じて、お役御免になられ、半年前にわたしの世話で棟梁に弟子入りされて、田所町の長屋を建てるときには下仕事でこき使われていなさった」

「さようでございましたか。作事方のお武家様が大工の下仕事でこき使われておられたとは」

「もちろん、半次というのはご本名じゃないよ。だけど、棟梁に弟子入りしたとたん、言葉つきが職人そのものになってらっしゃる。芝居が好きだったんで、人真似が得意。あの人が元お侍だなんて、知ってるのはわたしだけだ」

「旦那様は店子のみなさまのことをよくご存じなのですね」

久助は作左衛門と小栗藩との深いつながりに感心する。

「うん、ご家老様からいろいろと伺っている。昔お世話になったお屋敷だ。少しでもお役に立てればと、わたしにできることは、お世話もしたよ。あとは、おまえと大家さんが引き継ぐんだがね」

「そういえば、おひとりだけ、ご浪人がいらっしゃいますでしょう。みなさんは元お武家でもみんな町人になりきっておられるのに、どうしてご浪人なんでしょう。なにかわけでもあるんですか」

「橘左内さんだな」

「はい。ちょいと不気味なお方ですね」

「たいていの方々は江戸詰めから選ばれている。が、左内さんはずっとお国元、出羽の生まれ育ちなんだ。滅法お強いんで隠密におなりだが、江戸の町人の言葉は軽すぎてとてもしゃべれないとおっしゃるので、まあ、浪人がいいだろうと」

「そうなんですか」

「江戸の長屋には諸国から流れてきた浪人者がけっこういるじゃないか」

「なるほど」

「左内さんは居合の達人で、剣術の御前試合で一番だったそうだ。それが元で人を殺められて、江戸に移られ、ご家老に腕を見込まれ長屋の店子におなりだ」

「へえ、人を斬ってるんで」

「お強いのさ」

「道理でぴりぴり殺気立ってますね。まるで絵草子に出てくる死神みたいだ」

「死神はよかったな。それで、浅草の香具師の親方に引き合わせた。その後、ずっと寺社の境内のあちこちでガマの油売りをされている。一度拝見したけど、真剣でさっと紙吹雪を舞わせるなんぞ、もう見事なものだよ。あのガマの膏薬はたいして効き目はなさそうだけど」

「はあ。橘さんは剣の達人。なら、他の店子のみなさんもなんの変哲もない長屋の町人に見えて、それぞれ妙技をお持ちなんですね」

「だから、隠密に選ばれなさったのさ」

「とてもみなさん、隠密にも餡蜜にも見えません」

「そこがなにより大事なんだ。隠密が隠密に見えたりしたら困るじゃないか。浪人の左内さんだって、橘左内はご本名じゃないよ」

「あっ、そうか。違いありません。餡蜜と違って、甘くないんだなあ、隠密は」

変に納得してうなずく久助であった。

「それはそうと、いよいよ、大家さんが決まったよ」

「へっ、それはようございました」

「左内さんも凄腕だが、今回決まった大家さん、これもかなりお出来になるようだ」

「さようで」

「ご家老からいろいろと伺ったが、江戸詰めの勘定方(かんじょうかた)をこのほど隠居なさったお方で、お歳は五十、算盤もできるが剣は若い頃から免許皆伝の腕前、権田又十郎(ごんだまたじゅうろう)様とおっしゃる」

「わあ、権田又十郎様、いかめしいお名前ですね。それ、ご本名なんで」

「うん、だから、お殿様から勘兵衛というお名前を頂戴なされた」

「勘兵衛さんねえ。あ、元勘定方で勘兵衛さんですかね」

作左衛門は笑う。

「おまえ、ときどき面白いことを言うね。勘定方で勘兵衛、そういう洒落(しゃれ)かもしれんな。店子のみなさん、ちょいと一癖も二癖もありそうな曲者ぞろいだろ。それをまとめる大家の役割、お殿様のお眼鏡にかなったのは、たいしたものだ。この方に亀屋の主人になってもらい、田所町の長屋は勘兵衛長屋とする。で、あと数日で、お屋敷を発たれ、亀屋に移られる。そうなると、おまえはここを引き払い亀屋の番頭となり、勘兵衛さんがおまえの旦那様だ。いいね」

「はい、心得ました」

八月中旬、通旅籠町の井筒屋に現れた旅装束の武士を見て、久助は驚く。まるで武者修行の豪傑が絵草子から抜け出てきたようだ。権田又十郎、名前もいかめしいが、姿形も凄みがあった。

なにゆえに旅装束かというと、表向き小栗藩士権田又十郎は隠居願いを許された後、箱根に湯治に出向く途中、山中で不慮の死を遂げたことにされるのだ。そういう取り決めらしい。

井筒屋の奥で旅装を解いてもらって、町人の衣服に着替えさせ、髪も町人風に結い直した。権田又十郎は死んだことになり、別人の勘兵衛として生まれ変わって、その日のうちに田所町の亀屋に移り、作左衛門の手回しで九人の店子と顔合わせの宴が開かれた。

襷掛けで一同に酒と料理の膳を運ぶのが亀屋の番頭になった久助の初仕事であった。

井筒屋作左衛門より披露され、勘兵衛はみなに挨拶する。

「各々方、それがしが大家の勘兵衛でござる。今、井筒屋殿が申されたが、大家と店子は仮初の親子、われら一丸となり力を合わせて殿のため、世のため人のため、世直しに励もうぞ」

えいえいおうっとの掛け声もなく、一同は大家の武張ったいかめしさにあっけにとられたようだ。翌日から久助は勘兵衛の世話をし、武家言葉が出るたびに改めるよう注意深く訂正した。

「旦那様、そこはこうおっしゃいませ」

「おう、さようか。相わかった」

最初のうちは言葉も立ち居振る舞いも侍そのものだったが、半月もして晦日が近づく頃には町人の言葉がすらっと出るようになる。

「こんなことを申しては失礼かもしれませんが、旦那様、このところ、お侍訛りが取れたんじゃありませんか」

「侍訛りってことはないだろ。ふふ、おまえのしつこい手ほどきが効いたんだよ」

世間一般の長屋では、毎月、晦日が近づくと大家が長屋を回って店賃を集める。長屋は大家の家作ではなく、地主はたいてい大通りの大店であり、大家は雇われて、店子たちの世話をし、集めた店賃を雇い主の商家に届けるのが仕事だ。勘兵衛長屋の持ち主は通旅籠町の井筒屋作左衛門。ならば勘兵衛は九人の店子から店賃を集金するのかというと、そうではない。

勘兵衛長屋の九人は老中松平若狭介直属の隠密である。そこで、晦日になると井筒屋を通じて勘兵衛に長屋の店子たちへの手当が支給されるのだ。世間とは逆に、店子が大家から晦日に店賃を受け取るのが勘兵衛長屋のしきたりとなる。八月の晦日が長屋の最初の店賃支払いの日であった。

九人の店子は亀屋の二階に集まり、勘兵衛から店賃を受け取り、無礼講となった。宴の支度をしたのも久助である。そしてその夜、大家勘兵衛の口から店子一同に老中若狭介からの最初の指令が出されたのだ。

隠密の初仕事は下谷（したや）の辻斬りの真相を探索せよというもので、勘兵衛が指図して、店子たちが江戸の町を嗅ぎ回った。その報告をもとに勘兵衛は亀屋の二階に一同を招集して、情報を分かち合い、解決に向けて話し合う。茶を運びながら、その内容はすべて久助の耳にも入る。亀屋の番頭を引き受けた際、作左衛門から隠密の所業が外に漏れると命はないと釘を刺されたが、つまり、久助もまた店子たちとともに隠密活動の世直しに加担しているわけだ。そう思うと危なっかしいながら、ちょっと誇らしい気分になる。

最初の指令は先月の下旬に片付いた。胡散臭い祈禱師を抱き込んで大金を稼ぎ大奥御用達となった悪徳商人の悪事を、みんなで力を合わせて暴き出し、それにかかわる悪人たちを追い詰め懲らしめたのだ。晦日には、いつものお手当よりも過分な店賃の支給があり、宴は盛り上がった。

あれから半月、ご老中からの次の指令がまだこない。となると、勘兵衛長屋はそこらへんの裏長屋と変わりがない。早くこないかなあ、次のお仕事。待ち遠しい久助であった。

二

三日前に茶坊主たちが火鉢を運び入れたので、江戸城本丸老中御用部屋の二十畳も急に冬らしくなった。

よほど厄介な案件がない限り、詰めている老中たちは八つの太鼓を合図にそろって退出する。先月下旬に大奥や寺社奉行を巻き込む大きな騒動があり、お上の権威を守るためにどこまで公にするかで、連日連夜協議が続いた。それもなんとか丸く収まり、このところずっと平穏無事。老中一同、定時にささっと引き上げる。

おやっと、茶坊主の田辺春斎が御用部屋に目を止める。若手で末席の松平若狭介だけがまだ御用箱を整理しながら、ぼんやりしているようだ。

ありゃあ、若狭介様、また居残りかな。さっさと退出しないのは、仕事が遅いというよりもご熱心だからだ。

そう好意的にとるのは、春斎が若狭介に少しは肩入れしているからだ。お歳は三十五になられ、五人のご老中の中では一番お若いが、なかなかよくできるお方だ。

若狭介は出羽の小栗藩七万石を十年ほど前に相続し、飢饉で困窮していた国元を質素倹約と財政刷新で見事に立て直し、餓死者も出さず一揆も起こさず、家臣からも領民からも慕われ名君の誉れ高い。家柄もよく、その実績を老中首座の牧村能登守に認められ、昨年の秋、老中に就任したのだ。

異例の人事である。幕府の財政が厳しいので、小栗藩を見事に立て直した手腕を幕政改革にも発揮してほしいというのは表向き、裏には別の事情があった。

だが、理想に燃えた若狭介は一本気で型破りなところがある。協議の場では歯に衣着せずにずけずけと意見を述べる。まっすぐな気性なのだ。

大名は老中に就任すると、江戸城の本丸や西の丸近くに上屋敷を移す習わしだが、若狭介は小石川のまま屋敷を転居しない。それが一番の型破りだが、幕府の財政改革を担うためには自分自身が倹約を率先したい。屋敷替えには莫大な費用を要するので、差し控えたいとの要望を通してしまった。春斎はこれには呆れて、なんて生意気な若造だろうと内心思った。

田辺春斎は四十半ば、身分は直参御家人、親の代から茶坊主である。茶坊主といっても僧侶でもなければ仏門とも無縁、頭髪を丸めているところからそう呼ばれるだけだ。勤めは江戸城内の詰の間で大名や旗本に茶を運び、へらへらとお追従でも言っていればそれでいい。茶を運ぶ間に、いろいろと噂を耳にする。幕閣の人事、各大名旗本の養子縁組、幕府行事の動向などなど。お追従まじりの世間話で仕入れた噂、今度はそれを聞きたがる別のところでお追従まじりに耳打ちすると、いくばくかの心づけとなる。

生意気で型破りな若狭介は当初から評判が悪く、他の老中からも若年寄や奥祐筆からも疎んじられた。協議の場で熱くなって発言しても、のらりくらりとはぐらかされ、目に見えて冷遇されているのがわかる。

今年の春、意見が通らず気落ちしている若狭介に茶を差し出すとき、春斎は話しかけられた。若狭介が老中となって半年、春斎はなんとなく敬遠していたのだ。だが、向こうから声をかけてきたので、無視するわけにもいかない。茶坊主の分際で老中に気軽に応えることははばかられるが、若狭介は気の毒なほど気弱に見えた。話してみれば、まっすぐな気性、誠実で気骨のある人柄が伝わってくる。

老中首座の牧村能登守にせっかく推挙されたのに、他の三人、森田肥前守、大石美濃守、宍倉大炊頭に阻まれて、この半年の間、なにひとつ幕政改革の意見が通らない。そう落胆する若狭介に春斎は耳にしているある噂を告げる。ここだけの話、実はあなた様を一番煙たがっておられるのは能登守様でございますよ。

ええっと驚く若狭介に抜擢のほんとうの理由を伝えた。昨年、老中の井坂日向守が急な病で亡くなり、寺社奉行の斉木伊勢守が老中職を望んでいた。が、首座の能登守と伊勢守は犬猿の仲で、しかも大奥で権勢を誇る御年寄が伊勢守の後ろ盾として控えている。伊勢守が老中に選ばれると、能登守の立場は悪くなるだろう。そこで、能登守が先手を打った。財政改革で手腕を発揮し名君の誉れ高い松平若狭介を異例の人事で新任老中にして、伊勢守の老中就任を阻んだのだ。それゆえ、あまり出しゃばって我を通すと、能登守に臍を曲げられ解任されかねないと。

見るも哀れな落胆ぶりであった。

その後、春斎の耳打ちが効いたのか、若狭介は人が変わったごとく控えめになり、他の老中と打ち解け、みなの決定には謙虚に同意するようになった。とりわけ能登守の意見に対しては、あからさまな追従にならぬよう加減しながら、称賛することを忘れない。案件の書類に目を通すときも、先例に従い穏便な指示を出すので、春以降は若年寄や奥祐筆の受けもよくなった。これなら、老中の地位は安泰であろうが、あの半年前までの一本気で型破りな気質が薄れたのは少々残念な気もする、というのが春斎の正直な気持ちである。

それでも、政務に支障はなく、ときどき茶を差し上げると若狭介からにこやかに話しかけられ、世間話などが出る。大名は世情に疎いが、老中ともなると民の心を知ることも大切である。それでときどき町の噂を話すと、面白がって心づけをそっと手渡されることもある。

さて、今日はどうかな。

「お茶でございます」

春斎は抜け目なく茶を捧げて、頭を下げる。

「おお、春斎、かたじけない」

「七つを過ぎましたが、ご精が出ますな」

「なあに、少し考え事をしておったのだ。もう七つだな。日が落ちるのが早うなったのう」

「早いもので、もう十月、亥の月でございますからなあ」

「うむ、それでここにも火鉢が入ったのじゃな」

初冬十月は干支の亥の月にあたる。亥の月の亥の日が炬燵開きであり、その日に炬燵や火鉢など暖房のための火器の使用を開始する。それが三日前だったのだ。

「ほんに早いものじゃ。わしが老中となって、もう一年が過ぎた」

思えば、出羽の小栗藩を家督相続して十年になる。当時の奥羽は陸奥も出羽も打ち続く飢饉に苦しんでおり、国元は疲弊をきわめていた。

民を養うことこそ治国の基本である。

それが亡き父の教えであった。

昨年の秋のこと、かつての飢饉の際に小栗藩を見事に立て直した若狭介の実績が高く評価され、幕府の財政が逼迫しつつある今、老中に加わって幕政改革に尽くしてほしいと牧村能登守より声がかかり、就任した。

老中とは将軍を補佐し政務を執り行う、幕府にとってもっとも重要な役職である。自分にできることならと、大いに張り切って、国元で断行した改革をもとに幕政についての意見を述べた。

不作が続き、米の不足は深刻である。いつまた大きな災害に見舞われるともしれず、そうなれば民が困窮し、人心は不穏になる。まずは江戸御府内で武士も町人も質素倹約を心がけねばならぬ。それには畏れながら諸大名はもとより将軍家にも大奥にも贅沢を控えていただくよう願うべきではないか。また、不足を補うために豪商に御用金を課し、余裕のある大名から米を上納させては。

よくぞ申された。さすが、若狭介殿。お国元を立て直された御仁のお言葉は身に沁みますのう。

古参の老中たちは口々に若狭介を褒めはするが、意見はひとつも通らない。そのうち、いやな戯言が耳に入った。半年前、今春のことである。

若気の至りの若狭殿。

おだてられていい気になっておる口先ばかりの愚かな若造め。というような意味であろうか。異例の人事で老中に抜擢され、妬まれているのは気づいていたが、あまりにあからさまな悪口である。

そのとき、茶を運んできた田辺春斎に思わず、問いただした。こういう戯言を知っておるかと。

最初は否定した春斎だったが、正直に申せと問い詰めたら、実は耳に入っておりますと言う。さらに、若狭介が能登守から抜擢された真のわけまで話してくれた。

あれほど驚いたことはなかった。能登守に信頼されて老中になったと思っていたのに、ただの当て馬、傀儡であったか。半年の間、少しも意見が通らないのももっともである。

小石川の屋敷に戻り、いっそ老中なんぞ、辞めてやると憤ったとき、止めてくれたのが江戸家老の田島半太夫であった。

せっかく天下を動かせる老中のお立場にお就きになられたのに、みすみす投げ出すのはもったいのうございます。ここは上手に立ち回るようにと。さらに、半太夫はとんでもない案を出した。民を養うことこそ治国の基本である。ならば、江戸の民の安寧を図ることが諸国の手本になる。

その手立ては、腕の優れた忠義の家臣から隠密を選んで、町に潜ませ、江戸の治安を守ってはどうか。江戸が住みやすくなれば、諸国も安定する。この途方もない案に手を貸したのが元隠密で今は地本問屋になっている日本橋の井筒屋作左衛門であった。

一本気な若狭介はその型破りな案に乗り、田島半太夫によって家中から人選された異能の持ち主ひとりひとりと面談した。隠密は陰の仕事である。名を捨て、家を捨て、身分を捨て、場合によっては命を捨てねばならぬ。どんな手柄を立てようと、出世とも名声とも無縁である。多額の報酬があるわけでもない。それでもやってくれるか。

半太夫が選んだ者たちはみな快く承諾してくれた。小姓と祐筆は以前からの馴染みであった。また国元の御前試合で勝ち抜いた剣客も知っていた。が、あとの者ども、作事方と賄方（まかないかた）は面識がなかった。また半太夫が子飼いとして使っている忍びの者二名も加わった。そして奥医師の寡婦も。それぞれみな特技があり、身分も名も捨て、町での庶民としての稼業を身につける修練を行った。

九人のうち八人は半太夫が探し出した異能だが、ただひとり、若狭介が格別に指名した者がいる。十年前に家督相続して、初めて国元を訪れた際、家臣一同の歓迎を受けたが、そこで鉄砲隊の妙技が披露された。中に恐ろしく腕の優れた射撃手がいたのだ。動く標的を火縄銃で次々と命中させた。身分は軽輩の鉄砲足軽であったが、その素早い手さばきと正確さに感嘆した若狭介は褒美（ほうび）として鉄扇（てっせん）を与えた。その後、鉄砲組は廃止となり、所属する者たちはそれぞれ別の役目に移った。

名は覚えていなかったが、小柄で色黒で丸顔、その容姿ははっきりと残っており、密かに炭団小僧と名付けていた。

わしが鉄扇を与えた元鉄砲足軽の炭団小僧は今、どうしておるかのう。

それとなく半太夫に問うと、すぐに探し出してくれた。

その者でしたら、本所の下屋敷で武器蔵の番人をしております。

おお、江戸におるのか。呼び出し対面したら、忘れもしないあのときの炭団小僧である。鉄扇持参で喜んで隠密を引き受けてくれた。

そして、中秋八月、ようやく彼らが潜む町の長屋が完成し、隠密たちは店子として町に溶け込んだ。

長屋には店子を差配する大家が必要である。一癖も二癖もある隠密たちを統率する大家は人一倍武芸に優れ、誠実剛直でなければ務まらぬ。たまたま隠居を願い出ていた勘定方の権田又十郎に大家になるよう申し付けたのがふた月前のことである。

このことはだれにも知られてはならない。知っているのは、江戸家老と地本問屋の井筒屋と隠密たち本人だけだ。

そのきっかけとなったのが、今、目の前で茶を捧げ持っている茶坊主の田辺春斎なのである。半年前に春斎の忠言がなければ、若狭介は御用部屋での出すぎた態度を改めず、能登守から解任されていたかもしれない。が、当然ながら春斎は、若狭介が隠密を抱え町の長屋に潜ませ、人知れず世直しを行っているなどとは夢にも思っていないのだ。

「のう、春斎、近頃、巷（ちまた）でなにか面白そうな噂はないかのう」

若狭介は火鉢に手をかざしながら聞いてみる。

「面白そうな噂でございますか」

「うむ、本日、北町（きたまち）奉行柳田河内守（やなぎだかわちのかみ）より罪人の御仕置伺（おしおきうかがい）が届いてのう」

月番の北町奉行よりお裁きの報告があり、罪人が重罪の場合、死罪がふさわしいか遠島にするかを五人の老中が話し合い、その結果を将軍に伝える。将軍より裁許が得られれば、刑が執行される。決して町奉行の一存では極刑を執行できない。たとえ罪人であれ人の命は重いものなのだ。だが、将軍が死罪を覆すことは一度もない。老中が死罪と決めれば、まず間違いなく死罪である。

今回、御仕置伺のあった罪人は五名。十両以上の盗みを働いた者三名。盗みの場合、金額が十両を超えれば間違いなく死罪である。金だけでなく、十両以上の値打ちのある物品を盗んでも同罪。十両に満たなければ遠島なり追放なり百（ひゃく）叩きなり、奉行が裁決して執行する。このほど、五名のうちひとりが十両以下でありながら死罪となっている。この者は今年になって三回の盗みを働いており、いずれも一両未満とのこと。合わせても三両に満たない。なにゆえ死罪かといえば、盗みを繰り返せば金額にかかわらず死罪を科せられる。それが法というものだ。五人のうち最後のひとりは盗みではなく酔っ払いの喧嘩で、殴られたほうが打ちどころ悪く命を落とした。殴ったほうが人殺しとして縛られたのだ。

首座の牧村能登守を筆頭に、森田肥前守、大石美濃守、宍倉大炊頭、そして松平若狭介の五名で協議した。

能登守が言う。

「盗みの者四名は極刑が当然である。たとえ十両に満たずとも、三度も盗むとは不届きである」

「さようでございます。ですが、あとひとりの者、酒に酔いしれ、人を殺めたとあるのは、いかなるわけでございましょうな」

二席の森田肥前守が首を傾げる。

「酒場で酔って言い争い、相手の頭に膳を叩きつけたとのみで、詳しいわけは記してございませんな。その場では数名の者が目にしており、殺めたは紛れもない事実、本人は申し開きもしておりません。さて、いかがなものでしょう」

大石美濃守は顔をしかめる。

「うむ、いかなるわけがあろうとも、人を殺めたるは動かしがとうござる。手傷だけなら、まさか死罪にはならなかったであろうに、間の悪い酔っ払いじゃのう。ですが、いかがでございましょう。気が触れたる者は罪一等を減じると申します。申し開きをいたさぬのはなにも覚えておらぬからで、それでも死罪になりましょうや」

「美濃守殿、たとえ覚えておらぬとも、酒の上の不埒は大罪でありますぞ」

能登守が美濃守を睨みつける。

「ははあ、ごもっともでございます」

「では、ご一同、喧嘩両成敗といたそう。一方が落命した上からは、この者も死罪がふさわしい。さらに酔いしれたるは不届き、獄門と言いたいところじゃが、まず、先例通り死罪でよろしかろうと存ずる」

「御意」

これで五名の死罪は確定した。盗みにせよ、酔って喧嘩の人殺しにせよ、五人とも天下を揺るがすような大悪党とも思えないが、死罪はいたしかたあるまい。

「というわけじゃ、春斎」

「ほう、すんなりと決まりましたか」

「出来心とは申せ、悪事は悪事じゃ。下手人としていずれも首をはねられよう。面白味のない裁決ではあるがのう」

　春斎はうなずく。

「打ち首に面白味などないと存じまする」

「そうじゃな。が、能登守様は酒の過ちで喧嘩相手を殺した者、先例なくば、獄門になさりたいご様子であった」

「ふふ」

　春斎が笑う。

「なにかおかしいか」

「はい、能登守様は、あれで下戸であられます」

「ほう、御酒を召し上がられぬと」

「お酒も酔っ払いもお嫌いかと。それゆえ、酒の上の喧嘩で相手を傷つければ、まず死罪でございます」

「なんだ。そういうことであったか。下戸とはのう。酔って我を忘れて獄門では面白くもない。先月の仏具商の一件などは同じ獄門でも、ちと愉快であったが」

「ああ、あれでございますか。大奥御用達の山城屋が小塚原で獄門になりましたな」

「さよう。贅沢の限りを尽くした金持ちが悪事露見で捕縛され、獄門のお裁きで刑場に首を晒す。人垣ができ見物人が大喜びしたとか」

「見せしめでしょうが、どうもわたくしはあの手の刑罰は好きになれませぬ。瓦版には憎々しげな首が描かれておりましたが」

「そうじゃ、瓦版で思い出したが、そのほうが以前に見せてくれた辻斬りの瓦版、あれは面白かったぞ」

「はて、わたくし、そのような不浄なものをお見せいたしましたか」

「剣の名手が辻斬りを行い、斬られたほうはあまりの見事さに首を落とされたことに気づかず、落ちた首をそのまま提灯を捧げるごとく胸に抱えてしばし歩いたという戯れ絵であった。あれには笑うたわ」

「はは、思い出しました。あれでございますね。あんなのは瓦版屋が稼ぐために面白おかしく作っております」

「世の中、平穏じゃのう。先月の山城屋の一件以来、獄門首を晒すような大きな悪事がなかなかないではないか」

「はあ、そのようなだいそれた悪事がたびたびあっては困ります」

決して公表するわけにはいかないが、山城屋の獄門の一件、あの悪事を暴き出し、一味徒党を追い詰めたのは、若狭介配下の長屋の隠密たちの働きであったのだ。おかげで大奥や寺社奉行の不正も老中の間で取り沙汰された。山城屋から饗応を受け大奥御用達に推挙した御年寄の滝路(たきじ)はその後、体調不良を理由にお役を辞退。同じく山城屋から巨額の献金を受け、悪辣(あくらつ)な祈禱師を優遇した寺社奉行の斉木伊勢守は隠居して嫡子に家督を譲った。どちらもお咎(とが)めなしであった。

山城屋の手先となって血なまぐさい凶行を続けていた旗本の次男三男たちはすべて病死として届けられたが、親元で腹を切らせたのであろう。厄介者が片付いて御家は安泰である。山城屋と大奥をつないだ大奥お広敷(ひろしき)の用人、旗本の竹内清右衛門(たけうちせいえもん)だけがお上より切腹の処断をくだされ自刃した。

大奥や寺社奉行の不正を公にしないのは、幕府の権威に配慮したからで、おかげで大奥の贅沢は控えめになり、能登守と仲のよくない寺社奉行が身を引いた。一年前の老中になりたての融通のきかない若狭介なら我慢ならず、身分にとらわれず悪人すべてに厳罰をくだすべきと主張したかもしれない。

政務はきれいごとでよいと今は思う。民の安寧がなにより大切である。そのためには御用部屋で正論を主張するよりも、有能な隠密を密かに働かせるに限る。あれから半月以上なにごともない。そろそろ次の仕事を与えたいのだが。

「どうじゃな、春斎。日々の案件は穏やかなものじゃ。このほど死罪となる五名の者も獄門になるほどの大悪人でもない。牢屋敷でひっそりと首をはねられるだけのこと。世の中は大きな悪事もなく平安に見えるが、以前の下谷の辻斬りのような面白そうな噂はないかのう」

春斎は首を傾げる。おやおや、若狭介様、誠実で潔癖なお人柄と思うが、辻斬りのような物騒な噂がお好きなのだろうか。

「悪事もなく世の中が平安と仰せですが、いかがでしょうかなあ。果たして平安かどうか。近頃はどうも、江戸の町は景気が悪いようでいけません」

「なに、江戸の町が不景気と申すか」

「はい、今回の御仕置伺は盗みが四件、喧嘩による殺しが一件、ですが、御仕置伺に上がらない十両以下の盗み、殺しにならない喧嘩、こんなものは毎日で、跡を絶ちません」

「さようか」

「なぜなら、世の中の景気が悪うございますので、暮らしに困った者が出来心で盗みを働きます。景気が悪いと人は怒りっぽくなり、喧嘩が増えます」

若狭介はそれを聞いて、顔を曇らせる。幕府の財政が逼迫(ひっぱく)しているとの理由で老中に迎えられた。諸国は飢饉から立ち直らずに疲弊しているところも多い。田畑を捨てた農民が江戸に流れて無宿者となり、ますます世間が荒む。

平安に見えて、今の世はたしかに乱れているようだ。町の治安を守るべき町奉行所はさほど力を発揮せず、江戸の民は困窮している。

だが、山城屋の一件以来、この半月、隠密を動かすことはなかった。日々の案件にはこれといった事件性はなく、世間を騒がせる盗賊一味の悪事や凶悪殺人のような大事件もない。

春斎が上目遣いで言う。

「わたくしごときが申し上げるのも畏れ多いことでございまするが、巷の景気の悪さ、お上の力でなんとかなりませんかなあ」

不正をただし、悪人を懲らしめれば、真面目に働く民の暮らしがよくなると思い、隠密長屋に手練れの配下を潜ませているが、江戸の不景気は何者かの悪事のせいというよりも、政がしっかりしていないからではないか。となれば、いかに景気を回復すべきか幕閣が考えねばならぬが、今の老中の顔触れを思い浮かべると、気が重くなる。さて、どうしたものか。

三

「あらっ、大家さん、おはようございます」

勘兵衛が長屋の木戸を入ると、井戸端で朝餉の支度の大根を洗っていたお梅(うめ)に声をかけられた。

「お梅さん、おはよう。いつも早いね」

細い溝(どぶ)の流れる通路を挟んで、北側に五軒、南側に五軒、向かい合わせの十軒長屋が田所町の勘兵衛長屋である。木戸から離れて井戸があり、さらにその先に厠と掃きだめ、江戸の町のどこにでもあるありふれた裏長屋だ。

入って北側の一番手前に住むお梅は歳の頃は六十をいくつか過ぎており、勘兵衛より一回りほど上で、店子の中では一番の年長。朝はいつも早く、長屋の木戸を開けるのもお梅の役目になっている。

「大家さんこそ、お早いですねえ」

「早起きは三文の得なんて言うからね」

「違いありません」

「だけど、わたしは今まで早起きして、一度も三文なんて拾ったことがないよ」

「まあ、大家さんたら。早く起きたって、どこにも銭なんて落ちてませんよ」

「だろうね。じゃあ、どうして三文の得なんて言うのかな」

　勘兵衛は首を傾げる。

「大家さん、ご存じありませんか。早起きは体にいいからですよ」

「ほう、そうなのかい。そいつは初耳だ」

「夜更かし朝寝坊は病のもと。人は寝るのが薬です。早起きは毎日、三文の薬を飲んでいるのと同じなんです。十日で三十文、一年で千文以上になるでしょう。体を壊すとお医者にかかって薬料で損になります。そうならないように早起きすれば、日に三文の得なんですよ」

　お梅の稼業は産婆であるが、元は奥医師の妻女であった。亡くなった夫よりも医術の腕がよく、薬草の知識も豊富である。夫の跡を継いだ息子の嫁と折り合いが悪く、家老の田島半太夫に誘われて隠密長屋の一員となった。

「なるほど、言われてみれば、そうかもしれない。日に三文の薬か」

　お梅と勘兵衛の話し声が聞こえたので、長屋の店子たちがそれぞれ戸を開けてぼつぼつと顔を出す。

「おやおや、大家さん、おはようございます。今日もまた、お早いですねえ」

「おお、みんな、おはよう」

勘兵衛はにこやかに挨拶する。

北側の木戸のとっつきが産婆のお梅、その隣から順に大工の半次、剣の達人でガマの油を売っている浪人橘左内、火器に詳しい鋳掛屋の二平。二平の隣の北の端っこは空き店になっている。

南側が手前から箸職人の大男熊吉、色男の担ぎの小間物屋徳次郎、大道易者の恩妙堂玄信、江戸家老子飼いの忍びで飴屋の弥太郎、同じく忍びの女髪結お京。住人は九人。今朝も顔触れは全員そろっている。勘兵衛が毎朝、長屋を見廻るのは隠密たちの点呼でもあるのだ。

「みんな、そろっているね」

「へーい」

店子たちは井戸端の勘兵衛を取り囲む。

「世間もだんだん冬めいてきたね。実は今夜、みんなにうちの二階に集まってもらいたいんだが、都合はどうかな」

「へっへっへ」

半次がうれしそうに笑う。

「大家さん、夜にみんなで二階ってことは、次の仕事の話ですね」

「いや、それがそうでもないんだ」

「はあ」

「前の仕事からこっち、今月は一度もみんなで集まっていないだろ」

「そうですね」

「みんな、稼業のほうは忙しいのかい」

「へい、あっしは普請がひとつ終わって、今は下仕事だけがぼつぼつあるぐらいですねえ。たいした稼ぎにはなりません」

大工の半次が首筋を撫でる。

「大きな祭礼が終わったので、拙者のガマの油売りも閑でござるよ」

浪人の橘左内が冷ややかに言う。

「あたしも相変わらずです。と言いたいですが、このところ、櫛(くし)も簪(かんざし)もあんまり売れないなあ」

小間物屋の徳次郎が首をすくめる。

「そんなことないよう。徳さん、おまえさんは色気で客が付くんだから」

半次が茶々を入れたので、徳次郎はにやりと笑う。

「だめだよ、半ちゃん。おだてたってなんにも出ないぜ」

勘兵衛は店子一同を見回す。

「実は、ちょいと思いついたことがあるんでね。夕飯を済ませてから、そうだな。六つ半ぐらいにうちの二階に来てくれないか。久しぶりに軽く一杯やろうじゃないか。みんなの最近の様子も聞かせてほしいんだ」

「うわ、そいつはありがたいや。徳さん、大家さんのところで酒が出るって」

半次がうれしそうに声をあげ、他のみんなもそれぞれうなずく。


店に戻ると、朝餉の膳が整えられていた。ゆっくりと食事を済ませ、勘兵衛は番頭の久助に声をかける。

「急で悪いんだが、ちょいと思いついてね。今夜、長屋の連中に二階に集まってもらうことにした」

「さようでございますか。このところ、集まりがありませんでしたから、先月の晦日以来ですね」

「うん、お殿様からの次のお指図もないだろ。小人閑居(しょうじんかんきょ)してなんとやら。世の中、平和なのはありがたいが、閑すぎるとろくなこともないじゃないか」

「はい、そうかもしれません」

「それで、久助、今夜、みんなに一杯やってもらおうと思うんだ」

「ほう、久しぶりによろしゅうございますな」

「みんな、飯を済ませて、六つ半頃に来てもらうから、酒の支度だけでいいよ。肴は漬物でもありゃあ」

「かしこまりました」

「さてと」

朝飯を食ったあとは、絵草子屋の店を開くのだが、相変わらず、こんなことで商売が成り立つのかと思うほど、まったく閑である。開店早々は井筒屋のはからいで近隣にお披露目をかねて配りものをしたので、最初のうちは絵草子屋を珍しがって覗きに来る客もけっこういたが、すぐにも客足はぱたっと遠のいた。

商売が成り立たなくても一向に平気なのは、ここ亀屋が長屋同様に井筒屋の家作であり、勘兵衛は長屋の大家として、また絵草子屋の主人として井筒屋に雇われているだけ。番頭久助の給金も井筒屋から出ることになっていて、心配はいらない。

勘兵衛の役目は長屋の隠密たちの差配。絵草子屋の主人は仮の仕事で、午前中は一応帳場に座るが、絵草子のことも浮世絵のことも不勉強である。商売は仕入れから帳簿付けまですべて玄人の手慣れた久助に任せているのだ。

手持ち無沙汰なので、算盤をぱちぱちとはじいたり、売り物の浮世絵や絵草子を手に取って眺めてみたり。勘兵衛は藩の勘定方として江戸詰め三十年を勤め上げ、仕事一筋、真面目一方の堅物で、閑があれば町道場で剣術の稽古をするぐらいだった。若い頃から絵草子や戯作など軟弱な類の書物は目にしたこともなかった。

絵草子屋の主人となった今でさえ、こんなもの、さほど面白いとも思えない。腹の足しにもならない絵草子、毒にも薬にもなるまい。店が閑なのは田所町界隈には絵草子を好む閑人がいないからだろう。しかし、井筒屋はこの商売で大店になったわけで、それはそれで大したものだと感心する。

店の仕事は万事久助に任せても、長屋の大家の仕事ばかりは任せるわけにもいかない。世間一般では大家の一番の仕事は長屋を取り仕切ること、店子の世話である。大家といえば親も同然、店子といえば子も同然というぐらいだ。町名主の人別帳に店子の素性、宗派、商売を届け出て、転居、婚姻、出産、死亡など、動向も知らせなければならない。

勘兵衛長屋については、小栗藩の江戸家老田島半太夫が井筒屋と相談の上、九人の素性を巧妙に偽装し、地主である井筒屋が請け人となって保証し、町名主に届けている。権田又十郎は旅先で横死したが、勘兵衛自身は井筒屋の遠縁とされている。出羽の国の小栗城下で商売をしていたが、隠居して店をせがれに譲り、江戸に出て長屋の大家を引き受けたと。店子はみな独り者なので、この先、わけあって姿を隠すための転出や不慮の死による死亡はあるかもしれないが、まず婚姻や出産はあり得ない。他の長屋のように大家が店子から店賃を集めに回ることもない。

大家として避けられない仕事は町内の付き合い、町の自治への貢献である。田所町には他にも長屋があり、それらの大家たちとの交流は欠かせない。祭礼など町内の行事に駆り出されることもある。町役人を仰せつかったので、交代で自身番に顔を出さなければならない。町役はみな本業があるので、当番になっても番屋にずっと詰めることもなく、表通りの商家が共同で雇った定番（じょうばん）の年寄りが常駐している。

江戸の町を支配する町奉行所の定町廻（じょうまちまわり）同心や手先の御用聞きが番屋を覗くので、挨拶は欠かせない。最初はいろいろ面倒臭くて煩（わずら）わしかったが、ふた月もして慣れてしまうと、大家の仕事は思ったよりも楽だった。

午後は帳場を久助に任せて、二階でごろっと横になることもあれば、江戸の町をあちこち散策することもある。屋敷勤めの間は町人の住む町場を歩くことなど滅多になかったが、町歩きはけっこう楽しい。町で耳にする町人たちの会話を聞き、勘兵衛自身がくだけた町人の言葉遣いを習得するのに役立った。七つの鐘が鳴れば、久助に店を閉めさせて、夕暮れ前に近所の湯屋でくつろぐ。

権田家の家督を養子の新三郎（しんざぶろう）に譲り隠居となったが、大家の仕事は屋敷勤めと比べれば、あまりにも楽すぎる。だが、それはあくまでも表向きであり、主君から仰せつかった気の抜けない使命こそが、本来のなによりも大切な仕事なのである。

湯から帰って、夕飯を済ませ、二階でぼんやりしていると、さっそく下で声がする。

「こんばんは」

ふふ、あの声は半次だな。

「半さん、お上がりよ」

下に向かって声をかける。

「へーい」

とんとんと半次が勢いよく二階へ上がってきた。徳次郎もいっしょだ。

「大家さん、こんばんは」

「こんばんは。おお、徳さんもいっしょだね」

「はい、こんばんは。他のみなさんはまだですか」

「もう、おっつけそろうだろう」

「へへ、早く来すぎちゃったかな」

大工の半次は三十前、小間物屋の徳次郎は二十半ば、調子のいい半次と折り目正しい徳次郎は軽口を言い合いながらも年齢が近いからか、けっこう仲がいいのだ。

元作事方の半次は口調も態度も職人気質、芝居好きが表沙汰となりお役御免になったとのこと。武士に許された芸能は能狂言であり、詮議が厳しいと歌舞伎見物はお咎めになるのだ。今は大工になりきって、がらっぱち風ではあるが、芝居好きが高じて役者の声色が得意、どんな声も出せて、どんな人物にもなりきる特技がある。そこを見込まれて隠密に加わった。

「へっへ、大家さんにいっぺえ、ごちになるなんざあ、晦日以来、久しぶりでござんすねえ」

「半さん、おまえ、ご機嫌のようだが、少しは出来上がってるのかい」

「へい、人形町の蕎麦屋でいっぺえやっておりました」

「というと、芝居町でも冷やかしたんだね」

人形町通りのすぐ向こうは堺町の中村座、葺屋町の市村座があり、周辺には人る。

形浄瑠璃や講釈場、芝居茶屋や土産物屋、飯屋や酒場まで並ぶ賑やかな芝居町である。

「いえ、今は芝居町はひっそりしておりやすよ。来月に顔見世ですからねえ。それまではどこも休業。大家さんはあんまり御覧にならないんでしょ、芝居は」

「見たことないね。亀屋では役者絵も売ってるが、最初は知らないで美人画かと間違ったくらいだ」

「そいつは野暮だな」

言われて勘兵衛は苦笑する。

「あたし、夕暮れに人形町を歩いておりましたら、蕎麦屋の看板に新蕎麦とありましょう。そういう時節か。軽くたぐろうと思い、店に入りましたら、半ちゃんがちょうどおりまして」

「そうなんで。あっしが食ってたら、徳さんが入ってきたんで、こいつは間がいい。そう思い、ふたりでいっぺえやってたんでござんす」

「そうだったのかい」

徳次郎のほうは背がすらっと高く、着ているものも粋でこざっぱりしており、色白で鼻筋通った役者にしたいような美男である。元は殿様の身辺の世話をする小姓であったが、腰元との不義が見つかって、あわや切腹というところを家老の半太夫が取り計らい、隠密に加えた。今は担ぎの小間物屋をしており、特技は商家を回ってどんな女にも取り入り話を聞き出すところ。一種の人徳であろうか。

「こんばんはー」

下でまた声がする。そろそろみんな集まってくるようだ。

どしん、どしんと大きな音をたてて階段を上がってきたのは箸職人の熊吉だった。

「大家さん、こんばんは。お招きにあずかりまして」

熊吉は元賄方、歳の頃は三十前後、身の丈六尺半、横幅は常人の二倍以上、相撲の関取のような大男で、力は十人前。柔術、拳法を得意とし、素手でどんな相手でも倒せる怪力の持ち主である。

「熊さん、よく来たね。こっちへおいで」

「ありがとう存じます」

体の大きな割りには遠慮深く、声もか細い。

「ほほう、みなさん、まだおそろいじゃないですな」

ぬうっと顔を出したのは四十半ばで小太り、文人墨客風の総髪、武家とも町人ともつかぬ易者の恩妙堂玄信である。

「玄信先生、こんばんは」

元祐筆で和漢の書に通じ、易学ばかりか下世話な戯作などにも詳しく、さながら生き字引で、長屋のみんなから先生と呼ばれている。

「おやおや、半次さんと徳次郎さん、ご尊顔を拝するに、人相が多少赤らんでおられる。どうやら宴が始まる以前に酒気を帯びておられると、てまえ判断いたしますが、いかがかな」

「先生、ご明察、と言いたいところだけど、いやだな」

半次が笑う。

「そんなもの、易学で占わなくても、見ただけでわかりますよ」

「はは、これは失敬」

次に上がってきたのは色のどす黒い炭団のような丸顔の四十がらみの小柄な男。

「ええ、みなさま、こんばんは」

流しの鋳掛屋の二平である。鋳掛屋は鞴（ふいご）を使い火力で鍋や釜などを修理する職人だが、元は下屋敷の武器蔵の番人だった。さらにそれ以前は鉄砲足軽で、武器や火器にやたら詳しく、隠密として役立つ。

続いて、音もたてずにすうっと上がってきたのは橘左内である。

「左内さん、こんばんは」

「大家殿、今宵はかたじけのうござる」

顔色がぞっとするほど青白く、月代を伸ばした四十に近い痩せ浪人で、顔色同様の青白い着流しに脇差一本差しており、普段は寺社の境内でガマの油売りを生業にしている。

居合の達人で元は国元で馬廻役を勤めていたが、御前試合で勝ち抜いた際、不服を言う相手方と真剣勝負で立ち合い、相手を斬ってしまった。正式の勝負でお咎めはなかったが、国元に居辛くなり、江戸に出たが藩邸でも周囲と打ち解けられず、剣の腕を見込まれて隠密に加わった。出羽の育ちで江戸の町人言葉がしゃべれず、浪人となっている。

「旦那様、そろそろ支度ができました」

ひょこりと久助が顔を出す。

「すまないね。じゃあ、運んどくれ」

「へーい」

久助が盆に載った小鉢と酒を二階に運び込む。久助に続いて、飴屋の弥太郎、女髪結のお京も盆を捧げて、上がってくる。

「大家さん、みなさん、こんばんは」

「おお、弥太さん、お京さん、悪いねえ」

「いいえ、大家さん、あたしたちも遠慮なくたっぷりいただきますんで」

弥太郎は二十そこそこ、お京は二十四、五。ふたりは江戸家老田島半太夫抱えの忍びであるが、今は勘兵衛長屋の店子となり、隠密に加わっている。忍びなので、ふたりの実際の年齢はわからない。

「わあ、いいなあ」

半次が素っ頓狂な声をあげる。

「お京さんが上がってきたとたん、二階がぱあっと花が咲いたようにかぐわしくなったよ」

最後にお梅がやはり盆を捧げるように上がってきた。

「お梅さんまで、手伝ってくれたのかい。悪いねえ」

「いいんですよう、これぐらい。まだまだ若い人たちに負けちゃいませんから。どなたかしら、かぐわしくなくて悪かったわね」

「いよっ、姥桜（うばざくら）」

気丈なお梅に気圧（けお）されて、掛け声をかける半次であった。

「どうだい、みんな。表の稼業は」

　ひとしきり、酒が行きわたり、なごやかな雰囲気になったので、勘兵衛はみんなに声をかけた。

「塩梅はどうかね」

「へへ、大家さん、改まって、表も裏もありませんぜ。お殿様からの次のお指図がなけりゃ、あっしなんぞ、ただの木偶の坊で終わっちまいまさあ。でえくはまだ半人前でござんすからね」

　半次がおどけながらも、情けない声を出す。

「こんなことを申し上げてはなんですが」

　易者の玄信が言う。

「裏の仕事がなければ、わたしは表の易者だけでも、けっこう面白い。それに、先日は瓦版屋に頼まれて、面白おかしいネタを書きました。あれもなかなか愉快でした。まあ、裏のお指図があるに越したことはないんですが」

　ははあ、玄信先生、神田の瓦版屋紅屋の主人に戯作者として売り込んだようだ、と勘兵衛はにんまりする。

「あのう、よろしいでしょうか」

普段控えめで無口な二平が勘兵衛に頭を下げる。

「はい、二平さん、なにかあれば、言ってくださいよ」

「今、玄信先生がおっしゃいましたが、あたしらの本来のお役目はお殿様のお指図による天下の世直しです。半次さんの言うように裏も表もありません。最初の月、八月は長屋に越してきただけで、なんにもしないで、晦日に三両も店賃をいただきました。初めての大仕事で、張り切ってお務めをしました。ひと月やふた月で済みません。先月はあたしのような鋳掛屋で三両稼ごうと思えば、ひと月やふた月で済みません。先月はしましたよ。今月はまだお指図がありません。なにもしなくて、また晦日に店賃をいただくことになれば、ちょいと心苦しゅうございます」

滅多に口をきかない二平が打ち明ける思いのたけであった。それを聞いて勘兵衛は満足そうにうなずく。たしかに二平の働きは巧妙だった。

「あの、あたしも二平さんに同意いたしますね」

か細い声でそう言ったのは、大男の熊吉である。

「毎日、ただ箸を削って、まとまったら箸屋に届けますが、手間賃はごくわずかです。先月は大暴れができて、うれしゅうございました。表の箸職人だけでは、やるせないです」

「そりゃそうですよ、熊さん。あたしだって、なにもしないで、ただ店賃だけいただくだけじゃ、いやです。でも、そうなら、この先はもうないと思いますよ」

徳次郎が改まったように言う。

「もしも、お殿様からのお指図が途絶えれば、この長屋そのもの、あたしらの仕事そのものがお役御免となりましょう。そうなったとして、あたしなんかは、とてもお屋敷には戻れません。町の片隅で小間物屋を細々と続けるしか」

「徳さん、おまえ、そうなったら小間物屋はよしな。まだ若いんだから、大店の婿に でも入り込んだらどうだい」

半次が横から茶化す。

「大店の婿か。半ちゃん、そいつは悪くないねえ。おまえ、どこかいいとこ知ってたら、引き合わせておくれよ」

「きええいっ」

いきなり脇差を抜いて、掛け声とともに左内が懐の半紙で紙吹雪を散らした。

「わあ、なんですか、左内さん」

徳次郎が目を剝く。

「今のこのお役目がなくなれば、他の稼業を見つけねばならぬ。来年不惑の拙者は、生涯、ガマの油の膏薬売りでござろうか。あるいは、紙吹雪の芸で軽業の一座に入るのも一興でござるな」

「まあまあ、ほんとにお役目がなくなるんですか。そうなったら、そうなったで、あたしは産婆で食っていけますよ」

お梅が胸を張る。

「あたしは髪結をやめて、芸者にでもなろうかしら」

「お京さんなら、それもいいや」

半次がにやける。

「あたしは飴屋は向かないから、またご家老におすがりするしかありません」

弥太郎が寂しそうに言う。

勘兵衛は一同を見渡す。

「みなさんのお気持ちはだいたいわかりました。いつなくなるかわからない、陽炎のようなはかないお役目、それが隠密です。ですが、世のため人のため天下のためになる大切な大仕事でもある。そこで、わたしはひとつ思いつきました。このまま手をこまねいて、お殿様からのお指図を待ちながら、表の稼業に勤しむのも、ひとつの方便ではありましょう。お殿様もいろいろとお考えくださっているとは思いますが、ご老中としてご多忙です。ここはひとつ、われわれで世間の悪事の種、世直しの手立てを探すというのはいかがでしょうか」

「おお、それは妙案ですな」

玄信が手放しでうなずく。

「大家さんの言われた通り、みなさん、表の稼業より、裏をしっかりやりとげましょう。今の世の中、目に見えぬところに悪事の種はありそうです。先月獄門になった山城屋は表の顔は大奥御用達の立派な仏具商でしたが、裏では途方もない極悪人でしたから。わたしたちの裏稼業は悪人退治ですぞ」

わが意を得たりと勘兵衛は喜ぶ。

「そうなんですよ、先生。どうだろうか、みんな、なにか胡散臭い出来事が見つかれば、われわれで調べ上げ、その上で井筒屋さんを通じてお殿様にお伝えするというのは」

「大家さん、そいつはいいお考えだ」

「ぜひやりましょう」

長屋の一同は大きくうなずき、みな勘兵衛の案に賛成した。

四

三日後、勘兵衛長屋の店子たちが亀屋の二階に集まった。世の中に悪事の種と思われるような出来事があれば、それについて語り合おうというわけである。

「さあ、なにか面白そうな悪事の種は見つかりましたかな。どんな些細なことでもいい。みんなで出し合って、考えようじゃないですか」

が、なかなかだれも口を切らない。

「おやおや、みなさん、お静かですねえ。世の中、平穏無事なのかなあ」

「しょうがねえ。じゃ、あっしがひとつ、口開けにちいとばかし、つまらねえ話ですが、よろしゅうござんすか」

半次が上目遣いで周囲を見渡す。

「うん、どんな話でもいいよ。半さん、言ってごらん」

「へい」

半次が首筋を撫でながら語る。

「大家さんがそうおっしゃるなら、申し上げましょう。あっしゃ、思ったんです。悪事の種に出合えば、人間だれしも、いやあな気分になるんじゃねえかって。いやなことは良からぬこと、そこに悪事が潜んでいるんじゃねえかと」

「ほう、半さんにしては、なかなかいい見当だ」

「へへ、でもね、あっしゃ、こういう性分だから、なかなかいやなことには出合わねえんで」

「そうだよ、おまえさんはいつも上機嫌で軽口叩いてる。あんまりいやなことと縁がないだろうねえ」

「だけど、たまにはいやなこともありますぜ。例えば、芝居を見に行って、贔屓の役者が休みだったら、ちょっといやです」

「だろうなあ。半ちゃん」

　徳次郎がからかうように言う。

「おまえ、三度の飯より芝居が好きなんだもん。店賃たくさん貰って、けっこう芝居見物してるんだろ。好きな芝居でも、贔屓が出てなきゃ、そんなにいやなのかい」

「そんなことはどうでもいいよ。普段、いやなことになかなか出合えねえ。しょうがねえから、うーんと考えた。そして仕事仲間に聞いてみた。近頃、なにかいやな目に遭ったことはねえかいって」

勘兵衛が感心する。

「ほう、いい思いつきかもしれない。そういう身近に案外、悪事のネタが転がっているもんだよ」

「でしょう。ひとり、いやなことがあったってやつがいましてね。そいつが憤って言い張るには、あいつばかりは許せねえってんですよ。いってえ、だれが許せねえんだって聞くと、女房が許せねえって言うんです。普請で銭が入ったからちょいと飲んで帰ったら、さんざん毒づかれた。吉原（よしわら）へ行ったわけでもなく、そんなに遅くなったわけでもねえのに、軽く飲んだだけで怒りやがる。金輪際（こんりんざい）あいつは許せねえ。あんまり馬鹿馬鹿しくて、あっしゃあ、それ以上聞いてられませんでした」

「そいつは、たしかにつまらない話だねえ」

勘兵衛はがっかりする。

「そうなんですよ。夫婦喧嘩は犬も食わねえって言うけど、酒飲んで遅く帰ったぐらいで悪態つくとは、よほど仲の悪い夫婦ですよねえ。あっしだったら、そんな口うるせえかかあは叩き出しまさあ」

「いや、半次さん、それは違うよ」

横から玄信が口を挟む。

「先生、なにが違うんですか」

「おまえさん、その夫婦、よほど仲が悪いというけれど、違うね。わたしが思うに、仲がいい夫婦ほどよく喧嘩するんだ。女房に叱られたというのは、その男の惚気のようなもんだ」

「惚気ですって。先生、変なことおっしゃいますねえ。あんなの、どこが仲いいもんですか」

「その夫婦に子はあるかい」

「さあ、子供の話は聞かないなあ」

「なら、毎晩夫婦水入らず、ほんとは仲がいいかもしれない」

「仲が悪いから、子ができないんじゃないかなあ。それで喧嘩ばっかりして」

「実は、わたしは家内と一度も喧嘩しなかった」

「先生はお人柄が穏やかだから、喧嘩などなさらないでしょうけど、へえ、ご新造さんがいらしたんですか」

「昔ね。わたしが家内を喜ばせようと自慢そうに話を始めると、怒りもせず、黙って席をはずすような女だった」

「先生のお話はちょいと堅くて難しいからなあ」

「聞きたくないなら、そう言えばいいのに、ほとんど口もきかず、すっと席を立つ。飯もいっしょに食わない。子もできず、結局離縁したがね」

勘兵衛が気の毒そうに言う。

「先生もいろいろおありだったんですね」

「まあ、今から思えば人相の悪い女でしたよ。三白眼で、目と目の間の幅もよくなく、鼻の形も悪かった。わたしにもっと早く易の素養があれば、最初から娶らなかったでしょう。あんな女」

「先生、ひどいわ」

お梅がいやな顔をしている。

「そうかな、お梅さん」

「そりゃ、男と女、相性ってもんがありますけど、人相よりも心持ちが大切なんですよ。仲がよくても喧嘩する夫婦、仲が悪いから喧嘩ばかりする夫婦、いろいろです。決めつけないでください」

「こりゃ、一本、参りました」

素直に頭を下げる玄信を見て、茶を運びながら久助が思わずにやりとする。そういえば、死んだ親父とおふくろ、仲がいいのにいつも喧嘩してたなあ。あれが痴話喧嘩ってやつかな。おふくろが死んだあと、ひと月もしないうちに親父もあとを追うほど仲良かったけど。

「話が横道にそれたが、じゃ、半さん、いやなことってのは、それだけかい」

「へへ、大家さん、すいませんねえ。どなたもなにもおっしゃらないから、つい、つまらねえ話を持ち出しちまった」

「あのう、よろしいでしょうか」

熊吉が大きな体で小さな声を出す。

「熊さん、なにかあるかい」

「あたしもごくつまらない話で申し訳ないのですが、半次さんにあやかって申しますと、ちょいといやなことがございました」

「おまえさんがかい」

「はい」

「いつだい」

「昨日の夜のことです」

「ふうん」

「このところ、仕事が立て込んでおりまして、箸を削るのに遅くまで起きていると、夜中に腹が減るんです」

「おまえさん、体が大きいからね」

「空腹だと眠れない性分で、そっと木戸を抜け出して、蕎麦を食うんです」

「夜中に蕎麦屋なんかやってるのかい」

「はい、人形町の通りに流しの蕎麦屋がいつも出てるんで」

「へええ、流しなのか。あたしも蕎麦は好物だ」

横から徳次郎が口を挟む。

「いつごろ出るんだい」

「四つから九つの間ぐらいに出る屋台ですよ」

「ふうん、寒くなったから、温かい蕎麦はうまいよね。ことに新蕎麦は」

「いいえ、徳さん、新蕎麦なんかじゃありません。流しの屋台だから。でも腹にはたまるんでね。ところが、ゆうべ、その屋台でいやな目に遭ったんです」

「ははあ、蕎麦屋の親父が横柄とか、蕎麦がまずいとか」

「いつもの親切な爺さんで、蕎麦もそこそこにうまくて、十六文」

「たいてい流しの蕎麦は十六文が決まりだからな」

「そうですよね。ところが、味も値段も変わらないんですが、分量がいつもよりずっと少なくて」

「いけないな」

「仕方なく、二杯食っちゃいました」

熊吉がうなだれたので、徳次郎は眉をしかめる。

「味も値段も変わらないのに量が減ったというのは、値を上げたね」

「いえ、値段は十六文のままですが」

「昔から流しの蕎麦は十六文が決まりだ。だけど、今、あちこちでものの値が上がってるだろう」

それを聞いて、半次がうなずく。

「そういや、八文だった湯銭が十文になったよ。値上げするなら、男女入り込みにしてほしいや」

「まっ、いやねえ。湯屋の入り込みだなんて」

お京が顔をしかめる。

「へへ、失礼しやした」

混浴の湯屋にお京が入っている場面が頭に浮かび、にやける半次であった。

「それはそうとして」

勘兵衛が話を戻す。

「材料や炭の値が上がると、蕎麦の値も上げなきゃならないが、昔からの十六文を変えるわけにはなかなかいかず、そこで量を減らしたわけだな。でなきゃ、蕎麦屋が損をするだろう」

「なるほど、諸事万端、値上げが続きますね」

「いやだよう。ものの値段は上がるのに、こちとら、手間賃が上がらねえや。ちぇっ、世の中、不景気でやがら」

半次が仏頂面で毒づく。

「うむ、景気が悪いのは腹立たしいが、これは世直しの悪事には結びつきませんな」

玄信がしかつめらしく言う。

「大きい声では申せませんが、景気の悪さはお上のなさりようがしっかりしていないからか。となると、悪の張本(ちょうほん)は政務を司(つかさど)るご老中方、うちのお殿様もその悪事の一味ってことになりますよ」

「先生、そいつはまずいや。悪い洒落だ」

「だから大きい声では言えない」

「玄信殿、拙者、思いますに、不景気を政のせいにするのはいかがなものか」

橘左内が腕組みしながら、眉を曇らせる。

「じゃあ、なんのせいですかな」

「江戸の町では、不景気とはいえ、人が飢えて死ぬことはござらぬ。が、拙者の生まれ育った奥羽の里では、米の不作が命にかかわり申す。十年前、打ち続く飢饉で農村がことごとく苦しんでおった。年貢(ねんぐ)が滞(とどこお)れば、藩は成り立たず、国元は疲弊いたします。当時の城下は目も当てられぬ不景気でござった」

「左内さん、わたしは勘定方だったので、よく覚えておりますよ。お殿様が小栗藩主となられたのが、ちょうどその頃でしたね」

「さよう。殿が初めて国元に来られたのが、その頃でござった。民を養うことこそ治国の基本である。殿はそう仰せられ、あらゆる手立てを講じられた。自ら質素倹約を実行なされ、年貢を緩和し、豪農に備蓄米を拠出させ、領民救済に力をそそがれた。その甲斐あって国元では餓死者を出さず、一揆も起こらず、三年足らずで小栗藩の財政は立ち直り、その実績から、殿は昨年、老中となられた。不景気を政のせいにするのは、やはりまずかろうと存ずる」

「なるほど、景気の悪さをお上のせいにしても、なにも解決しませんな。わたくしの失言でございます」

玄信が頭を下げる。

「あの、よろしいでしょうか」

今度は弥太郎である。

「弥太さん、なにか気がついたかい」

「はい、景気が悪いと、働いても働いても暮らしが楽にならず、賭場は今、けっこう大はやりですよ」

「おまえさん、博奕なんて打つのかい」

「しょっちゅうじゃありませんが、賭場にはここ三日ほど出入りしました。ああいう場所には往々にして悪事の種が見つかるもんでして」

「なるほど、いいところに目をつけたね」

「花川戸の富蔵親分てのが、今、羽振りがいいようです。賭場を開く傍ら、お上の御用も務めてるんで」

「ははあ」

半次が顔をしかめる。

「博徒が十手を持って町奉行所の手先か、二足の草鞋ってやつだな」

「はい、賭場なんて、胴元だけが儲かる仕組みで、客はみんななけなしの金を吸い取られます。勝てば一攫千金てなこと言いますが、勝って蔵を建てた果報者なんていやしません。下手すると、負けがかさんで家財道具はもとより家からなにから、女房や娘まで形に取られますからね」

「なんだって」

勘兵衛が目を吊り上げる。

「そいつは阿漕だな。弥太さん、悪事の匂いがぷんぷんする」

「ですけど、胴元が奉行所の手先じゃ、お縄にはできません。博奕が駄目ってんなら、寺の富くじだってお咎めになりそうなもんじゃありませんか。富くじはみんな喜んで買いますからね」

「それも道理だなあ。弥太さん、わたしは富くじなんて買ったことはないが、とにかく、景気が悪いんだ」

「へん」

半次が鼻をふくらませる。

「世の中、不景気で蕎麦の量が減ったのと同じ理由からか、酒の味も落ちましたよ。値段が上がれば味はそのまま、値段が同じならやけに水っぽい。そんな酒は飲みたくねえや」

「あ、半ちゃんの言う水臭い酒で思い出しましたが、神田鍋町（なべちょう）の相模屋（さがみや）が店じまいしました」

徳次郎が肩を落としたので、勘兵衛は顎を撫でる。

「鍋町の相模屋というと、けっこう大店だね」

「はい、京（きょう）の伏見（ふしみ）から上等の酒を取り寄せて、相模屋でしか買えないとのこと、評判の老舗（しにせ）でけっこう繁昌してましたから」

半次が袖で口を拭う。

「徳さん、いいねえ。伏見の酒、聞いただけで、よだれが出そうだ」

勘兵衛は問う。

「老舗で繁昌していた大店の酒屋がいったいどうして潰れたんだね。徳さん、そこになにか悪事の種があるのだろうか」

徳次郎はうなずく。

「はい、あたしも不審に思い、それとなく噂を聞いてみました。どうやら店を任されていたやり手の番頭が蔵で首を吊ったらしく、金繰りがうまくいかず店じまいに追い込まれたようです。このところ不景気ですから、いけなくなる大店は他にもあるかもしれません。大店が潰れると、困る町人も出てくるでしょう」

勘兵衛は一同を見渡す。

「世の中の悪事は不景気のせいか、不景気だから悪事が増えるのか、そんな話がみんなから出たが、そのあたりをちょっと深く掘り下げてみてはどうだろうか。花川戸の賭場を仕切りながらお上の手先を務める親分も気になるが、徳さんの聞いてきた相模屋が潰れた噂、番頭の首吊り、裏にどんな仔細があったのか、みんなで相模屋の周辺を当たってもらいたい。他にも景気の悪さがどんなところに及んでいるか、それぞれ、気のついた範囲で調べてはもらえないかね。世直しのネタになりそうな案件が出てくれば、儲けもんだ。こちらから井筒屋さんに持ち込み、お殿様に伝えてもらおうよ」

第二章　招福講（しょうふくこう）

一

「これはしばらくです、勘兵衛さん。先月の晦日（みそか）以来ですな。どうぞ、どうぞ。いかがです。お忙しいですか」

通旅籠町の井筒屋作左衛門は、溢れんばかりの福々しい笑顔で、店の奥座敷に勘兵衛を迎え入れた。

「井筒屋さん、ご無沙汰いたしまして、申し訳ないですなあ」

勘兵衛は恐縮して深々と頭を下げる。

「いえ、いえ、それはこちらのせりふですよ。その後、ご家老からお呼びが掛からないものですから、ご近所にお店を出していただいているのに、つい、ほったらかしにしてしまって。なにもなくとも、こちらからご挨拶せねばと思いながらも、忙しさにかまけてしまい」

「なるほど、お忙しい。こちらは活気があってよろしいですな。世間は今、景気が悪いなんてこと言っておりますが、ご繁昌はなによりです」

「たしかに景気はよくないようですが、本屋なんてもんは、景気が悪ければ悪いなりに売れる本があるんですよ」

へえ、そんな本があるのだろうか。勘兵衛は作左衛門の恵比寿顔を見ながら、いささか驚く。

「さすがに商売上手の井筒屋さんですなあ。亀屋の商売はすっかり久助に任せっきりでして、あまり忙しくもない。それなのにご機嫌伺いにも参らず、失礼の段、重ね重ねお詫び申し上げます。うちは久助がひとりで番頭から女中や小僧の仕事までやってくれましてね。ほんとによく働きますよ」

「ふふ、そうでしょう。あれを選んだのは身寄りのない男だったので、内密の仕事には打ってつけと思ったのですが、それ以上に気のつく働き者で、お役に立てて、わたしもうれしゅうございます」

「いろいろと助かっております。ところが、正直申してそれほど儲かりません。久助の給金やわたしの過分なお手当、その上に長屋のみなさんの店賃まで出していただいて、痛み入ります」

作左衛門は鷹揚に首を振る。

「ご心配には及びませんよ。前にも申しましたが、長屋の店賃も大家さんのお手当も小石川のお屋敷のほうから出ております。久助の給金だけは井筒屋で用意しますが、たかが知れております」

「まあ、そうおっしゃらず」

「勘兵衛さん、絵草子屋の商売は久助に任せるとして、長屋の大家さんのお仕事はいかがですか」

絵草子屋よりもそちらがよほど忙しい。

「町内の付き合いや、交代で番屋に顔を出したりいたしますが、少しは慣れましたので、さほど厄介でもありません」

「驚いたなあ」

作左衛門は感心する。

「なにがです」

「もう、どこから見ても町の長屋の大家さんにおなりだが、初めてここでお会いしたとき、見るからに武張ったお侍、堂々として言葉もいかめしかったですよ。姿形は町人にこしらえているのに、権田又十郎と申す、なんてね。このお方がほんとに大家になれるのか、心配したぐらいです」

「ふふ、懐かしいですな。あれからふた月です。最初はわたしも往生しましたよ。なにか言うたびに、久助に言葉を咎められて」

「ははは」

作左衛門が笑う。

「わたしが言いつけたんです。勘兵衛さんの言葉や立ち居振る舞いを直すようにと。だってそうでしょ。長屋の大家さんが威厳たっぷりの武家言葉ですと、周囲が不審に思い、そこから身元がばれては危ない。勘兵衛さんがちゃんと町人の言葉をしゃべれて、長屋の大家さんに見えるように、久助は細かく気を配ったと思います」

「あの男、けっこうまめだからなあ」

「それに、まあ、店の利益を心配なさらずとも大丈夫です。亀屋はうちの出店ですが、儲からなくても、まずは世間に向けて、長屋の大家さんが小商いをしているように見えればいいのです」

「それはまた、どういう」

勘兵衛は小首を傾げる。儲からなくてもいい商売があるのだろうか。

「世間一般には、大家さんは毎月、店子(たなこ)から店賃を集めますね」

「そうでしょうな。うちはいただくほうですが」

「長屋の店賃がいくらぐらいか、あなた、ご存じですかな」

「さあ、貰ってばっかりなので、わかりません」

「長屋といってもいろいろあります。勘兵衛長屋は九尺二間ですが、世の中にはもう少し広い三軒長屋もありますし、ずっと窮屈な棟割(むねわり)長屋もあります。九尺二間だと店賃は五百文から千文ぐらいでしょう。場所にもよりますが、新築なので八百は取れるかな。空(あ)き店(だな)が一軒あるので、八百文の九軒で月に」

「七千二百文」

「ほう」

作左衛門は目を丸くする。

「算用がお早い」

勘兵衛は首筋を撫でる。

「これでも元は勘定方でして」

「そうでしたなあ。あなた、まるで頭の中に算盤(そろばん)が仕込まれているみたいだ。で、七千二百文がまるまる大家さんの懐（ふところ）に入るわけじゃない。集めた銭は家作を所有する地主に届けます。そのうち、大家さんの手に渡る給金としての取り分は、まあ、五分といったところ」

「え、五分といえば、一両一分ですか」

「いや、そうじゃない。五分というのは金額じゃなくて歩合のこと、つまり一割の半分です」

「とすると、七千二百文の一割が七百二十文、その半分で三百六十文ですね。えっ、ひと月に三百六十文ですか、長屋の大家の取り分は」

「十軒長屋ならそんなところです。あとはなにがしか出来（しゅったい）したときに、店子から世話賃を貰うこともありますが、しょっちゅうあるわけじゃない。一番の実入りは年末の肥やし代で、これが汲み取りの百姓家から出ます。十軒長屋なら、まあ十両以上はくれるかな」

「年に十両、そんなに。先月の汲み取りのときに礼だといって、大根を持ってきましたが、なんと、肥やしが金になるとは、まさに黄金ですな」

「うちの長屋は口開けが八月ですから、一年分全部じゃない。今年の年末に五両ほど入りますかな」

「肥やし代が全部大家の実入りになるんですか」

「はい、地主は店賃だけ貰えばいいのです。ですが、まず、うちのような小さな長屋じゃ、店賃の歩合や肥やし代だけではなかなか大家さんの暮らしは立ちませんから、脇で小商いをするわけです」

「それが絵草子屋ですね」

「勘兵衛長屋は江戸中、どこにでもあるような、ごく当たり前の長屋でなければなりません。店子のみなさんも、つつましく生きる職人や小商人であるべきなのです。そうでないと、周囲に怪しまれるでしょう。隠密が露見したら、おしまいですから」

「それで、亀屋があるというわけですね」

「はい、地主から家を借りている大家さん自身は、店賃は払わなくてもいい。集めた店賃の歩合は自分のものになる。儲からなくても、長屋の脇に小さな店があるだけでいいのです」

「なるほど、隠(かく)れ蓑(みの)みたいなものですな」

「そう、うまいことおっしゃる。隠密の職分を隠す隠れ蓑です。店子のみなさんの表の稼業はどなたも、ささやかでしょ。一番稼いでいるのは半次さんですね。大工の手間賃はけっこういいんです。産婆のお梅さんも妊婦が多ければ稼ぎになります。わたしが産婆の組合に口をきいたので、仕事はあると思いますよ」

　そういえば、お梅は隠密の仕事がなくなっても食っていけると胸を張っていた。井筒屋の世話で組合に入っているのか。

「わたしが仕事を世話をしたのは、半次さん、お梅さん、ガマの油の左内さんのお三方だけで、あとはみなさん、ご自分で稼業を見つけられました。易者の恩妙堂さん、女髪結のお京さんはそこそこ稼ぐでしょう。あとは箸職人の熊吉さん、小間物屋の徳次郎さん、鋳掛屋の二平さん、飴屋の弥太郎さん、たいした稼ぎにはならないでしょうな。まあ、みなさん、そんなに稼がなくてもいいけれど」

「はい、勘兵衛長屋は店賃を払うのではなく、いただくほうですから。実は、先日、みんなでちょっと話し合いましてね」

「ほう」

「お殿様からの次の仕事がなかなかこない。仕事もないのに、毎月晦日に店賃をいただくのは気がひける。このまま閑な日が続いて、隠密がお役御免になったらどうしようかって」

「へえ、みなさん、そんな心配をなさってたんですか。隠密の仕事がそう頻繁にあるとも思えません。別にいいじゃないですか。表の稼業を細々とやりながら、毎月店賃貰って、大仕事がくるのを待っていれば」

「そうでしょうか」

「元隠密だったわたしが言うんですよ」

「あっ、そうか。井筒屋さんはそっちの玄人だったなあ」

「半年、お指図がなく、ただひたすら待つだけのこともあります。考えてもごらんなさい。隠密の仕事はいつどこで始まるかわかりません。公儀に知られない限り続きます。半年かけて長屋を作り、九人の手練れに修練させました。それだけ金や手間を投じた職務、簡単にお役御免にするわけがありません」

そう言われれば、勘兵衛も納得する。

「では、お殿様からの次のお指図がくるまで、おとなしく待っていればいいのですね」

「待つのも仕事のうちです」

「それを聞いて安心しましたが、実は今日、こちらに伺ったのは、長屋のみんなの新しい働きをお伝えしようと思いまして」

「新しい働きとは」

「はい、しばらくお指図がなかったので、巷に世直しの種がないかどうか、独自に調べようという話がみんなの間で出ましてね」

「ほう」

「言い出したのはわたしですが、今の世の中、一見、なにごともなく平穏のようでも、景気はよくありません。裏で悪いことをしている輩はいるかもしれない。例の山城屋の一件みたいに。それをみんなで炙り出し、井筒屋さんにお伝えし、気に入ってくだされば、お殿様に具申していただけないかと」

「それはご奇特な。で、なにか、面白そうな噂でもあるんでしょうか」

「聞いていただけますかな」

「ぜひとも伺いましょう」

勘兵衛は作左衛門に伝える。ここ数日、長屋の隠密たちが町で仕入れたネタを話し合い、いくつか、悪事の疑いのある案件が浮かび上がった。

中でも気になるのが神田鍋町の老舗の酒屋、相模屋が店じまいしたこと。

「井筒屋さんは鍋町の相模屋をご存じですか」

「鍋町の大通りにある相模屋ですね」

「はい、あの酒屋の相模屋です。つい最近、店じまいしました」

作左衛門は訝し気に首を傾げる。

「店じまい。そいつは知らなかったな。けっこう名の通った大きな酒屋でしょ。それが店を閉めたんですか」

「はい、上方の上等の銘酒を扱い、上客がついて、料理茶屋などにも卸し、手堅く商売していたそうで、たしか三代続いた老舗です。が、三代目の与右衛門さんで、いけなくなりました」

「どんな商売にも浮き沈みはあります。老舗の名店はたいてい初代がやり手の商売上手でしてね。跡取り息子が出来が悪いと、続きません。男子が生まれず、娘に出来のいい養子を貰うほうが、かえって店が長続きするとも言われています。うちなんて、せがれも娘もいないので、わたし一代で跡が途絶えますよ。私が死んで井筒屋が潰れると、今働いてくれている奉公人が難儀します」

「井筒屋さん、そんな縁起でもない」

「若く見えると言われて喜んでおりますが、還暦もとっくに超えており、いつお迎えがくるか。昔はお役目の傍ら、好き勝手に生きておりましたし、不惑を過ぎて武士を捨て、商売を始めると、これがまた面白かったのです。今は天下のため、お世話になった御家のため、少しは世の中にご恩返しがしたいところです。思い残すことはありませんし、いずれ隠居して、井筒屋の身代は奉公人が困らないように気の利いた番頭にでも暖簾分けしようかと、そんなことを時々考えます。ここだけの話、店の者には内緒ですが」

「なるほど、大店を持つということは、先の先まで考えなければいけないのですね」

「景気が悪いと、商売がうまくいかなくなって、潰れる店もあるでしょう。うちの場合は、紙の値段、墨の値段、彫り師や摺り師の手間賃、それらが値上がりすると、本の値も上がります。値を上げない場合は薄くしたり小さくしたり。そうなると、お客のほうで、買うのを控えます。本なんてものは、いくら読んだところで腹の足しにはなりませんから」

それでも儲けているのは、さすがにやり手である。と勘兵衛は内心思う。

「本を薄くしたり小さくするんですか。なるほど、流しの蕎麦が十六文のまま、分量が少なくなったという話を聞きました」

「そうですよ。景気が悪いと、食い物屋は味が落ちるか、量が減るか、値が上がるか。それで客足が遠のき潰れる店もあるでしょう。で、鍋町の相模屋さんは手堅い商売の老舗の酒屋さんでしたね」

「上方から上等の酒を仕入れて売っていたんです。一番の人気は伏見の酒で、これは相模屋でしか手に入らない銘酒でした」

作左衛門は考え込む。

「伏見の銘酒、そんな上等の酒を売る老舗の酒屋が潰れるというのは、ちょっと解せませんなあ」

「そうですか」

「うん、江戸の人間は武士も町人も酒好きが多いでしょう」

「はあ、そうかもしれません。うちの長屋のみんなも亀屋の二階に集まって飲むのが楽しみなようで」

「ふふ」

作左衛門はにこやかにうなずく。

「いいですなあ。店子のみなさん、仲がよろしくて。上等の酒を好む客なら口が肥えています。酒の値が少々上がったからといって、代金を惜しんだりはしません」

「そりゃそうですね」

「敷居の高い料理茶屋は上等の酒でお客をもてなします。贅沢なお客は金払いもいい。酒の値が上がろうと、お客にその分上乗せすればいいので、いい酒を商う相模屋は茶屋から贔屓にされるでしょう。酒飲みというものは、世間が不景気でも、酒をやめません」

「不景気だから、自棄酒ってこともありましょうな」

「まさか、勘兵衛さんが自棄酒はないでしょうが。では、なぜ、老舗の酒屋が潰れたのか。わたしなりに今、思いついたのは、上方からいい酒が入ってこなくなって、酒の味がどっと落ちた。それなら、客足は遠のきます。客が減って金繰りが悪くなると、上方の高い酒が仕入れられなくなります。ですが、相模屋の他にも潰れた酒屋はあるんですか」

「いいえ、井筒屋さん、さすがに商売人ですね。目のつけどころが違います。おっしゃる通り、名の通った大きな酒屋は他にもありますが、この不景気でも、どこも潰れてはいないようです」

「では、どうして相模屋さんだけが、店じまいとなったのですか」

「そこに悪事の匂いを嗅ぎつけたのが、小間物屋の徳次郎です」

「徳次郎さんが。では、ちょいと色気が入りますかな」

「いえいえ、それはどうでしょう」

二

相模屋の店じまいの一件に最初に目をつけたのが徳次郎である。大きな酒屋が店を閉めると聞いて、蔵にある酒を並べて大安売りでもするんじゃないかと、面白半分で出かけていったら、すでに表戸に板が打ち付けられ、店は無人であった。

なんだ、つまらないと思ったが、これだけの大店があっけなく店じまい、となると、なにかわけがありそうだ。

徳次郎には女たちに取り入り内緒話を巧みに引き出す特技がある。ちょいと試しに探ってみるか、と隠密の血が騒ぐ。

鍋町というぐらいで、鍋屋が多いが、相模屋の北隣は畳屋だったので、それとなく裏の勝手口のあたりでじっとしていたら、女中らしき若い女が出てきたので、そっと声をかける。

「ねえさん、ちょいと伺いますが」

「なんでしょう」

女はちらっと徳次郎を見る。

「こちらの女中さんですよね」

「ええ」

「お隣の相模屋さん、閉めちゃったんですね」

「そうですけど」

「しまったなあ。あたし、小間物を扱ってるんですが、品はけっこうよくて、値が安いんで、お隣がご贔屓にしてくださって。ああ、無駄足になっちまったなあ。どうでしょう、ねえさん。お宅じゃ、いかがです。はやりの簪に紅や白粉なんて」

「あら、ほんと」

若い女中は興味を示す。

そのとき、店の中から野太い大声がする。

「おせん、なに油売ってんだい」

ぬっと顔を出したのは四十がらみの不器量な大年増、不機嫌そうな声である。

「あ、お竹さん、油なんか売っちゃいませんよ。この人が引き留めるから、つい」

お竹と呼ばれた女中はぐっと徳次郎を睨みつける。

「なんだい、おまえさん」

「へい、隣の相模屋さんに贔屓にあずかっておりました小間物屋でございます。今、ここまで来たら、相模屋さんが閉まってるでしょ。品物背負ってすごすご帰るのもつまらないし、いつもよりずっとお安くいたしますから、こちらさんでいかがかと存じまして、今こちらの方にお声をかけさせていただいたんですが」

　徳次郎はにこやかにお竹を見つめる。

「なんだい、この忙しいときに、押し売りかい」

　お竹は顔をしかめる。

「いえいえ、とんでもない」

「とっとと帰っとくれよ。うちは畳屋で男の職人ばかり、だれもそんなもん、欲しがりゃしない。女中はあたしとこの子とふたりだけで、猫の手も借りたいんだから。小間物なんて、ふん、要らないよう」

「はい、どうもお騒がせいたしまして、失礼さんでございます」

　徳次郎はさっさと引き上げ、次は南隣、こちらは荒物屋のようだ。畳屋よりはましかもしれない。そっと裏に回る。

　しばらくして、裏口から出てきた女中はちょっと色っぽい。

「ねえさん、ちょいと伺いますが」

「あら、なあに」

「ねえさん、このうちの女中さんですかい」

女中は徳次郎にじっと見つめられて、うれしそうである。

「ええ、そうだけど」

「実はあたし、小間物を商ってるんですが、お隣の相模屋さん、店じまいしちゃったんですか」

「そうよ」

「いつからです」

「ええっと、もう、四、五日前かしら」

「そいつはしまったなあ」

「どうしたの」

「いえ、お得意さまでしたのでね。また品物をどっさりと担いできたんですが、弱ったなあ、どうも」

残念そうに上目づかいで女中を見つめる。

「へえ、なにを扱ってるの」

「櫛(くし)、簪、髪油(かみあぶら)に紅や白粉。こんなもんです」

徳次郎はにっこり笑い、小さな器を取り出す。

「あら、ふふふ、なんなの」

女中はうれしそうに器を見て笑う。

「どうぞ」

徳次郎が器を差し出すと、女中は目を丸くする。

「え、くれるの」

「ねえさんは口の形がいいから、この紅が似合いそうだ」

そう言って、器を手渡しながらそっと女中の手を握る。

「ね、ちょいと助けると思って、力を貸してもらえませんかね」

「あたしでよければ、なあに」

「相模屋さんがなくなったとすれば、このまま背負って帰らなくちゃならない。ねえ、お安くさせていただきますよ。お宅でいかがですか」

「そうねえ。じゃ、ちょっとここで待ってて」

間もなく女中に手招きされ、徳次郎はまんまと荒物屋の台所に入り込み、小間物を並べる。女中たちが仕事の手を休め、うれしそうに集まってくる。

「あら、これ、いいわね。おいくら」

「お安くしておきます、このぐらいでいかがでしょう」

「わあ、うれしい」

「どうぞ、また、ご贔屓に。相模屋さんがなくなったので、いつでもこちらに伺いますよ。ところで、相模屋さん、せっかくお得意様でしたが、なにかあったんですか。けっこう繁昌してたのに、店じまいだなんて」

「実はね、十日ほど前に」

色っぽい女中が言いかけたとき、奥からおかみらしき中年女が出てくる。

「なんだい、みんな、この忙しいときに」

荒物屋のおかみだな。少々年増だが、なかなかの美形じゃないか。徳次郎はおかみをじっと見て、殊勝らしく頭を下げる。

「おかみさん、お忙しいのに、お邪魔して、申し訳ございません。あたくし、お隣の相模屋さんにご贔屓にあずかっておりました小間物屋の徳次郎と申します」

「あら、そう」

「実はお隣のために担いできた品ですが、よろしければ、いつもの半値にいたしますので、いかがでございましょうか。おかみさんなら、この簪、似合いそうで」

「それ、ちょっと若すぎないかしら」

「いえいえ、おきれいだから、なんでもお似合いです」

「ふふ、お上手ねえ。半値なら、いいわ。みんな、好きなのを選びなさい。あたしが買ったげる」

「わあ、おかみさん、うれしい」

荒物屋のおかみは太っ腹で、女中たちはみんなうれしそうに小間物をあれこれと物色する。徳次郎は内心にんまり。畳屋の不器量な女中は愛想が悪かったが、荒物屋のおかみさんは別嬪で愛想がいい。器量のいい女は心根も優しく、ますますきれいになる。不細工な女は根性が悪くて、いい男を見たら反発して毛嫌いするのというのはほんとうだな。

「ところで、お隣、いったいどうして店じまいなど」

「十日ほど前にね、大番頭の喜兵衛さんが亡くなって、お弔いがあったのよ」

「へえ、そりゃ、お気の毒に」

「ところが、気の毒なのは旦那の与右衛門さん」

「そりゃまた、どうして」

「大きい声じゃ言えないけど、喜兵衛さんが亡くなる前、人相の悪いのが相模屋さんに押しかけて、金を返せとかなんとか。どうやら番頭さんが借金を抱えていたらしく、それで、ここだけの話よ。蔵で首をくくったそうよ」

「あたしも聞いたわ。相模屋の女中さんが、湯屋でしゃべってたの」

「あたしはお隣の井戸が近いでしょ。塀越しに聞いたわよ」

徳次郎の小間物は相場よりもはるかに格安で、しかも物がいい。喜ばれて、いろいろと噂話も仕入れることができた。

味をしめた徳次郎は、後日、さらに相模屋の向こう三軒のうち、鍋屋と煙草屋の台所にもすんなりと入り込み、同じような噂話を聞き込んだ。

それらをまとめると、店が潰れる半月前から人相の悪い借金取りが相模屋に押しかけており、大番頭の喜兵衛が蔵で首を吊った。それから数日して、店はきれいになくなった。向こう三軒両隣のうち、荒物屋、鍋屋、煙草屋での聞き込みでわかったのはそこまでである。

それを補うように、女髪結のお京も周辺の噂を嗅ぎ回った。

店を取り仕切る大番頭の借金のために相模屋が潰れたらしい。借金取りに押しかけた人相の悪い男たちは十手を笠に着た町方の手先、どうやら花川戸の富蔵という博徒の子分たちである。おかげで、相模屋は店も土地も差し押さえられ、一文無しになった主人の与右衛門は妻子を離縁し、行方知れずである。

「というわけで、井筒屋さん、徳次郎が最初に耳にした噂というのが、店を任されていたやり手の番頭が蔵で首を吊った。しかも借金取りが押しかけた。そもそも店が潰れたわけがそのあたりにあるのではないかと」

「番頭が首を吊ったんですか。借金のせいで」

「あまり、世間には知れ渡っていない噂ですが、ほんとうのようです。わたしは相模屋の一件を詳しく調べるように、長屋のみんなに頼みました」

「ははあ、そこに悪事の種があったのですね」

「まあ、お聞きくださいまし。恩妙堂の玄信先生がさらに詳しく相模屋の内情と面白い噂を仕入れてきました」


神田三島町の瓦版屋、紅屋に四十半ばの文人墨客風、小太り赤ら顔の男がぶらりと立ち寄る。

「おや、一筆斎先生、ようこそ」

紅屋の主人、三郎兵衛がうれしそうに出迎える。

「先日、先生に書いていただいた瓦版、あっという間に売れて、二度摺りが出たんですから」

「ああ、あれですな。子宝にご利益のある生き仏が河原で昇天した極楽往生の話」

易者の恩妙堂玄信は、ここでは戯作者(げさくしゃ)一筆斎を名乗っている。

「はい、先生が書いてくださった隆善上人(りゅうぜんしょうにん)行状記です。儲けさせていただきました。ささ、どうぞ、こちらへお上がりください。今、お茶を」

「いえ、おかまいなく」

「立ち話もなんですから、さ、どうぞ、どうぞ」

玄信はおもむろに紅屋の小座敷に上がり、三郎兵衛は茶をいれる。

「先生、今日はまた、なにか新しいネタでも」

茶をすすり、うなずく玄信。

「瓦版になるかどうか、ちょいとわかりませんが、戯作の種になるような話を耳にしましてね」

「ほう、どのような」

「ここから目と鼻の先、鍋町の相模屋が潰れたでしょう」

「ああ、あれね。そうなんですよ。いい酒を扱ってたんで、あたしなんぞには、ちょいと敷居が高うございましたが」

「そんなことないでしょ。紅屋さんは儲かってるんだから」

「いえいえ、奉公人もいない、ひとりでなにからなにまで細々とやっております安直な瓦版屋でございます。近頃は不景気で紙代から彫り師、摺り師の手間賃まで値上がりして、その上、相模屋の酒も値上がりですから、なかなか口には入りませんでしたで、先生の新ネタは潰れた酒屋にかかわるような」

「実は小耳に挟んだんです。あそこの番頭が蔵で首を吊ったと」

「さすが先生、地獄耳ですな」

「ふふ、それで、紅屋さんのことをふと思い出しましてね」

「お気にかけていただいて、ありがとう存じます」

「なにか、相模屋のことで、ご存じのことがあれば、ご教示願えませんかな」

「あたしなんぞ、たいしたことはわかりませんが、名のある酒屋ですから、いろいろと噂は入ってまいります。商売柄、ちょこちょこっと仕入れてはおりますが」

「そのちょこちょこを伺いたい。潰れたのは、やはり番頭の首吊りがあってのことですか」

「老舗といわれてはおりますが、今の旦那、与右衛門さんは三代目でして」

「ほう、三代続いたのですね」

「どんな大店でも三代で駄目になるというのはよくあるんです。大店ほど放蕩息子が店を平気で潰しますから、ときどき瓦版のネタにもなります」

「珍しくありませんな。落ちぶれる金持ちの噂は喜ばれる。人の不幸はなんとやら」

「相模屋さんは代々与右衛門を名乗っておられました。うちも昔からここに住んでおりますので、いろいろと知ってはおります。初代の与右衛門さんが町の小さな酒屋から始められて、これがたいそうな商売上手、鍋町に店を開き、京の伏見にある造り酒屋とつながりを持ち、柳橋（やなぎばし）などの料理茶屋に食い込んで店をどんどん大きくしたとの話です。二代目の与右衛門さんもやり手で、得意客を増やし、吉原あたりの茶屋にも売り込み、さらに店を大きくしました。あやかりたいぐらい」

「吉原ですか。いいですなあ」

「先生もお好きですか、吉原」

「ははは、まあ、嫌いとは申しません。で、小さな酒屋が大店になり、二代でさらに大きくなり、三代で潰れたんですな」

「あんまり悪口は言いたくないけど、三代目の与右衛門さんが店を継いだのが七年前、二十三のときで、当時、店は大層に繁昌していました。実は二代目の旦那が急な病（やまい）で倒れて死ぬ間際、大番頭の喜兵衛さんの手をとって、道楽者のせがれが相模屋の主人として堂々と胸を張り、世渡りできるように育ててくれと頼んだそうで」

「なるほど、親もせがれを見抜いていたんですね」

「はい、三代目はあまり出来がよくなくて、二代目は心配していたらしい。初代から仕える喜兵衛さんは大番頭となっています。律儀に先代の言葉を守り、三代目に少なからず厳しくあたりました。三代目与右衛門さんはさほど商売に身を入れず、二代目の意を汲んだ喜兵衛さんが店を取り仕切り、折り合いの悪い三代目は得意先の吉原の茶屋に商談と称しては頻繁に出入りしていたとか」

「吉原の茶屋にしきりに出入り」

「商談というより、遊びに金を遣っていたんでしょうね。それも店が傾く一因ではあったと思います」

「三代目の道楽息子が店を潰すという話ですな」

「で、二年前、上方が暴風と大水に襲われて、米が不作となったのはご存じですか」

「いえ、上方のことは、とんと知りません」

「米が不作となると、年貢が滞り、お大名もお上も困るが、米の値が上がってみんな干上がります。米を材料としている上方の造り酒屋は一番困る。米の飯が口に入らずに人々が難儀しているのに、大切な食糧を酒造りに回すなんて、そんな贅沢な真似は許せない。そうなると、造り酒屋は米を手に入れるために法外な金を出す。だから、不作のせいで上方の酒はどこもべらぼうに値が上がりました」

「そうなりましょうな」

「上方から上等の酒を仕入れている江戸の酒屋にも響きます。そこで相模屋さんがどうしたかというと」

「どうしました」

「こんな話はなかなか外へ漏れませんが、ちょいと面白そうだったので、そこは商売柄、ひょっとして瓦版のネタになるかと、探りを入れました」

「ほう、さすが、紅屋さん」

「どこの酒屋もいろいろ考えたでしょう。相模屋さんではべらぼうに高騰した伏見の酒を金に糸目をつけずに取り寄せ高く売るか、あるいは上方を見限って、味は多少落ちても地元の安い酒で乗り切るか」

「なるほど、地元でも酒は造ってますからな」

「旦那の与右衛門さんと大番頭の喜兵衛さんの間で意見が分かれたそうです」

「どちらがどっちの意見だったんです」

「はい、旦那の与右衛門さんは祖父からの伝統を守り、金を惜しまず、今まで通りの商売を続けると主張しました。上方の味こそが、相模屋の売りであり、地元のくだらない酒などは店に出せるものかと」

「一理ありますな」

「ですが、与右衛門さんは主人でありながら、普段は商売そっちのけで、吉原で金をばらまくような人です。大番頭の喜兵衛さんがおっしゃるには、たしかに関東の酒は上方に比べて味は落ちるが、値上げした上方にこだわり続ければ赤字が出過ぎて、商売は先細りで成り立たなくなる」

「なるほど、それもまた、うなずけますな」

「どちらも、まあ、相手を認めずに我を通そうとします。喜兵衛さんは初代が店を興したときから酒屋の小僧として奉公し、初代の新奇な商才に感銘を受け、三代続けて仕えてきたという信念があります。米と水と技がそろい、さらに知恵をしぼれば、関東でも上方に劣らぬ酒造りが可能だと」

「うん、うまくいけばね」

「ここからが厄介事につながるんですが、ある方面から喜兵衛さんを通じて相模屋さんに話がありました。下総によい米がとれ、水のきれいな里がある。米の不作で打撃の上方から腕のいい杜氏の一行がその里に内々に移ってきた。関東での上質の酒造りが他に知れては厄介なので秘密ではあるが、江戸でも名高い相模屋で大番頭を勤める喜兵衛さんにだけ持ち掛けられた話だと」

「ほんとですか」

「ただし、一から始めるので、最初の備えに相当の金がかかる。それが出せるのは大店だけなので、相模屋さんが出せば、以後は下総の酒を独り占めできて、上等で安価な酒がいくらでも手に入ると」

「うまくいけば、そうなりましょう」

「大番頭の喜兵衛さんは辛抱強く旦那を説得したが、与右衛門さんは聞く耳を持たない。海のものとも山のものともわからない下総なんぞの酒造りに金など出せるかと」

「うん、考えてみれば、怪しい話かもしれません」

「喜兵衛さんは思います。甘やかされた若旦那は吉原で遊ぶばっかりで商売のことがわかっていない。今、この話に乗らなければ、他へ持っていかれ、相模屋の商売は苦しくなる。店を任され実権を握る喜兵衛さんは旦那に無断で下総の里まで下見に行きました」

「いや、そいつはまずいな。いくら店を全部取り仕切っているからとはいえ、奉公人が主人に無断で動くのは」

「ですが、喜兵衛さんは止まらない。勝手に話を進めて、一存で下総の里に金を投じました」

「その金は」

「当然ながら店のお金です。下総の酒造りが順調に進めば、上方に負けない味のいい上等の酒が安く手に入り、相模屋は必ず儲かる。出し惜しんでは損をする」

「危ないなあ」

「その通り。思った以上に出費が続き、とうとう店の印形を使い相模屋与右衛門の名で金を借りました」

「そりゃ、いけません。そんなことしたら、手が後ろに回り、下手すると獄門首を晒すことになる。なるほど、そこまでいくと、瓦版のネタとしては面白いですな」

「面白くないのは相模屋さんです。結局のところ、下総の酒造りの話は立ち消えとなり、相模屋さんは大金を失い、その上に多額の借金を作りました。番頭が勝手にこしらえた借金だから、そんなもの身に覚えがない。それでも店に借金取りが押しかけ、これが少々厄介な連中でね」

「あ、それ、花川戸の富蔵親分じゃないですか」

「先生、よくご存じですね。おっしゃる通り、あの親分は博徒でしかも十手持ちですから、逆らえません。根こそぎ持っていかれて、蔵は空っぽになり、番頭の喜兵衛さんがそこで首を吊っていたんです」

「それで相模屋が潰れたとすれば、番頭が無断で店の印形を使って金を借り、ありもしない下総の酒造りに継ぎ込んだわけですから、気の毒な気もしますな」

「そこで、与右衛門さんは月番の北町奉行所に訴え出ました」

「訴えましたか」

「ですが、番頭はもう死んでいる。死人に口なし。証文の判は本物の相模屋与右衛門の印形に違いないので、訴えは頭ごなしに取り下げられて、さらに店と土地は差し押さえとなり、なんとか完済はできました。与右衛門さんの二親はすでに他界しており、おかみさんは離縁して親元に返し、お子さんはおかみさんが引き取り、奉公人は離散したので、店は空っぽ、無一文の与右衛門さんの行方はわからずじまい」

「ひどい話ですね。で、紅屋さんで瓦版にしたんですか」

「いえいえ、とてもできません」

「売れませんか」

「いや、売れる売れないよりも、差し障りがありますから」

「どんな」

「相模屋に借金の取り立てに押しかけたのが、花川戸の富蔵の子分たちです。下手なことを書いたりしたら、ひどい目に遭いますよ」

「そりゃそうだ。ということは、番頭の喜兵衛は博徒から金を借りていたのですか」

「いいえ、それが違うのです。富蔵は十手をかさに、借金の取り立てをしております。賭場で負けて借金した場合は貸すのが富蔵です。金を借りて返さないのは泥棒と同じだ。十両盗めば首が飛ぶ。十両以上借りて返さなければ、打ち首死罪になるぞ。そんな風に借り手を脅しますが、相模屋の番頭さんは博奕なんか打ちません。別のところから借りております」

「どこからです」

「ですから、瓦版にできないのは、そこのところです」

「差し障りのあるところから借りていたと」

「一筆斎先生、ここから先は決して、よそで話したりなさらないように。危ないですから」

「危ない話。ますます戯作の種になりそうだが」

「絶対に駄目です。先生は津ノ国屋という質屋をご存じですか」

「いえ、裕福とはいえませんが、質屋通いはしたことがなく」

「これが大変評判のいい親切な質屋さんでして」

「そんな質屋があるのですか」

「どんな質草を持っていっても用立ててくれる。利息も高くない。期限が過ぎても、お客が困っているようなら、流さずに待ってくれる」

「それはたしかに親切ですね」

「しかも、人助けのため、招福講という講まで開いています」

「招福講、それは無尽講か頼母子講のような」

「はい、毎月金を積み立てて、くじに当たると大金が入るという仕組みです」

「よくありますよね。そういう講は」

「あたしの調べによると、相模屋の番頭さんは、招福講に入っていたようです」

「へえ、そこまでお調べに。ですが、それと下総の酒造りとどういう因縁が」

「そこのところ、ここだけの話ですから、絶対によそで言わないでください。招福講に入っていた喜兵衛さんに下総のうまい話を持ち掛けたのが」

「はい」

「津ノ国屋です」

「質屋が下総の儲け話を」

「で、高利の大金を融通したのも津ノ国屋。しかも、花川戸の富蔵は津ノ国屋から請け負い、十手を笠に着て、あっちこっちで手荒い取り立てをしているのです」
「そいつは剣呑だ」
「ですから、一筆斎先生、こんな話、瓦版にはとてもできません。どんな目に遭わされるか。ここだけの話、決してよそで言ってはいけませんよ」

玄信の報告を聞いた勘兵衛は、店子の隠密たちに相模屋の潰れた背景、津ノ国屋と花川戸の富蔵の周辺を探らせる。瓦版屋の話は有益であるが、そのまま鵜呑みにするわけにはいかず、裏付けも必要である。

神田小柳町の津ノ国屋は評判のいい親切な質屋であった。主人の吉兵衛は上方の出身で歳は四十手前。大坂で質屋の丁稚となり、金儲けを覚え、江戸に出て、自分の質屋を持つにいたる。親切な質屋と好評で店は繁昌している。その評判のよさから貧しい人たちが助け合う招福講を開いて人助けに力を入れ、財を築く。

詳しく調べれば、津ノ国屋の評判は賛否両論。講に入るには一定の奉納金を納め、その後、毎月掛け金を支払う。年に一度のくじ引きに当たれば大金を得られる。うまくいけば、楽して金が手に入るありがたい講である。

そう勧められて入る者も多い。数多くの者を勧誘し引き入れて奉納させると、さらに優遇される。が、あとから入った者にはなかなかくじの順番が回らず、途中で抜けても月々掛け続けた金は一銭も戻ってこない。

招福講の奉納金と掛け金は大半が津ノ国屋の儲けとなる。津ノ国屋はその金を元手に裏で金貸しを行い、金に困った商家や窮乏する武家にも高利で金を貸し付けているらしい。

相模屋の番頭は招福講に手を出し、そこで酒屋の儲け話に乗せられ、主人を巻き込み、取り返しがつかなくなって蔵で首を吊った。

津ノ国屋は闇で高利の金貸しをしているが、借金の取り立てを請け負っているのが博徒と二足の草鞋(わらじ)の御用聞き、花川戸の富蔵である。借りた金を返さないのは泥棒と同じだと、十手にものを言わせて借主を痛めつけ、借金の形に家財から女房や娘まで取り上げる。

以上が相模屋の店じまいのいきさつである。

「さすがに勘兵衛長屋の店子のみなさん、よく調べられましたな。老舗といわれる大店の酒屋が潰れたのには、そんなわけがあったのですか。忠義者の番頭が主人を差し置いて借金を作ったとは、とんでもない話ですね」

「店のためによかれと思って動いたのが、すべて裏目に出たのか、あるいは」

「いずれにせよ、下総にそんな酒造りの里などないんでしょう」

「そこは弥太郎に調べさせました」

「ほう、弥太郎さんが」

「下総まで行きました。たしかに以前にくらべていい米ができるようになり、きれいな水の流れるところもあるようですが、酒造りの里なんて、どこにもありません。根も葉もない絵空事でした」

「造り酒屋が作り話とは、悪い酒落(しゃれ)ですな。だが、番頭の喜兵衛はうまい話に乗せられ、のこのことそこまで出かけていったんでしょ」

「おそらくは、待ち構えていた一味が村に仮の小屋かなんぞを設(しつら)え、それらしい応対をして、喜ばせたのでしょう」

「それに乗せられて信用してしまったのですね。そもそも、番頭にありもしない下総のうまい話を吹き込んだ津ノ国屋という質屋。うーん」

作左衛門は首を傾げる。

「井筒屋さん、津ノ国屋をご存じですか」

「親切な質屋は耳にしたことはあるんですが、招福講の話は初耳です。易者の玄信先生、戯作者の役もお上手なんですな。番頭が主人の名前で質屋に大金を借りていたなんて、そこまで探り出すとは。しかも、招福講などというようなしい講に入っていたとは」

「講に入ると福が授かるとの評判なんです」

「福が授からずに首を吊ったんですね」

「思うに、喜兵衛は店のためを思っていろいろと動いていましたが、主人の与右衛門とは馬が合わない。いっそ一本立ちして自分の店を持ちたい。そこで、一攫千金を狙って招福講に入ったが、なかなかくじにも当たらない。そこを付け込まれて、下総の話を持ちかけられ、まんまと乗っかってしまったのではないか」

「ははあ、頭の黒い鼠だったと」

「死人に口なしで真相はわかりませんがね。借金の取り立てを津ノ国屋から請け負っているのが、お上の手先の御用聞き、花川戸の富蔵という博徒。二足の草鞋で、質屋とつるんでいるらしいんで」

「わかりました。たしかにひどい話だ。ではさっそく、ご家老を通じてお殿様にお伝えせねば。お指図が出次第、長屋のみなさんにはすぐに働いてもらいますよ」

「承知いたしました。みんな待ちかねておりますので、どうぞよろしく」

三

そろそろ八つの太鼓(たいこ)が近い。江戸城本丸老中御用部屋で松平若狭介は火鉢(ひばち)に手をかざしながら、じっと考え込んでいる。

家老の田島半太夫を通じて、隠密長屋の動きが伝えられた。こちらから特別に指図を与えていないのに、元勘定方の権田又十郎こと田所町の大家勘兵衛が店子の隠密たちを独自に動かし、怪しい案件を見つけたようだ。勘兵衛はじめ長屋の面々、半太夫が見込んだだけのことはある。頼もしい連中だ。

今回の案件は潰れた老舗の酒屋と親切な質屋、それをつないでいるのが招福講という胡乱(うろん)な儲け話である。

民はこつこつと真面目に働き、その報いで楽に暮らすもの。それがなにより大切である。事情があって働きたくとも働けぬ者もいるだろう。お上は心を配り、それら弱い者に手を差し伸べるべきである。が、働けるのに働かず、講などに頼って一攫千金を得ようとする輩が増えれば、世の中は歪みを生じる。若狭介は民が博奕や富くじに興じることを快く思わなかった。

才覚のある商人が他人の真似のできない型破りな商法を思いつき、成功することは世の手本として認められるが、そこに不正が働いて、やり口が民を苦しめる悪事である場合は許せない。邪悪な手段で成り上がった悪党を民が羨むのはもってのほか。見せしめのためにも摘発し罰せねばならぬ。

隠密長屋の報告によれば、津ノ国屋は弱い者に手を差し伸べる親切で低利な質屋でありながら、その親切を看板にいかがわしい講を開き、多額の金を稼いでおり、蓄えた財貨を武士や町人に高利で貸し付けてさらに儲け、無法の博徒を動かし取り立てに使うとのこと。金で雇われた博徒は町奉行所の同心から手札を預かる手先も兼ねており、十手を笠に着て返済を迫るという。

ここはひとつ、質屋の津ノ国屋が開く招福講に不正がないか、老中の立場で南北の町奉行に問い合わせることにいたそう。いや、踏み込み過ぎると向こうが警戒して、かえって尻尾を出さなくなる。親切な質屋と人助けの招福講、不正さえなければ褒められたものだ。上様が江戸の町での孝行息子を近頃奨励なされたので、それにあやかり、うまく問い合わせてみるか。

伏見の銘酒を扱う老舗の酒屋、相模屋が潰れた背景には、上方の米不足が影を落としている。米がなければ人は飢える。それゆえ、お上は不作でも米の値が上がらぬよかどうか。

うに対処せねばならぬ。が、なくても命にかかわらぬ酒の値なら、高騰してもよいの

「若狭殿、ご精が出ますのう」

はっと振り返ると、いつの間にか老中首座の牧村能登守が若狭介のすぐ後ろに座し、にこやかに笑っている。

「おお、これは、能登守様、気がつきませず、失礼をいたしました」

能登守は五十半ば、寺社奉行から側用人を経て老中となった苦労人である。

「なんの。そろそろ八つでござる。ご退出なされますか」

「さようでございますな。ご退出なされますか」

「うむ、若狭殿はいつも居残られておられるが、なにを熱心にお調べかな」

「いえ、みなさまのように段取りよく進まず、ご迷惑をおかけいたします。今、上方の酒の値が上がっておりましょう。下り酒は味も品質もよく、江戸で重宝されていますが、そこにつけ込み上方の造り酒屋や酒問屋が、ちと出し惜しみしておるのではないかと」

「いやあ、さすが、お国元を立て直されたお方、そこもとを老中に推挙して、それがしも鼻が高うござる」

「畏れ入ります。酒の値について調べておりますが、なかなか捗りませぬ」

「二年前、上方一帯で米が不作でのう。難儀いたした」

「さようでございましたか」

「そこもと、まだお役に就いておられなんだな」

「はい」

　若狭介は老中になって、まだ一年である。

「米どころの近江がまず不作で、摂津や河内も出来が悪く、京も大坂も米が不足いたしてな。京都所司代や大坂城代とも話し合い、播磨や御三家紀州、遠く肥後からも上方に回し、やりくりいたしたのじゃ」

「そのようなことがございましたか」

「おかげで、酒造りの米などは後回しになったが、利に聡い商人はどこにでもおる。高値で米を横流しいたす」

「造り酒屋にでございますか」

「うむ、それゆえ、上方の酒は高うなった」

「なるほど、そのあたりを調べておりますと、実は五年ほど前、油が不足したことがございましたな」

「おお、そうじゃ。あれも上方であった。灯し油は上方の菜種が不足すると、江戸に出回らなくなる」

「ですが、油の値はいっこうに上がっておりませぬが」

「江戸が暗闇になっては困るからの。酒と違うて油の値は上げぬように取り決めた。するると、上方の油問屋どもが出し惜しみしおって、回らなくなる。見聞役を大坂に送り、油問屋を集めて通達した。値を上げずに江戸に油を滞りなく届けるようにと」

「たしかに江戸の町々が闇夜では困りますな。このほどは、上方の酒問屋にそのような処置はなさらぬのでございますか」

「酒などは飲みたい者だけが飲めばよいのじゃ」

能登守はおおらかに笑う。ああ、そうだ。能登守は下戸であったのだ。

「さようでございますとも。米は食するもの。充分に足りていれば、下々は安んじて暮らせます。酒などはあってもなくても、よろしゅうございます」

「若狭殿、よう申された」

ちょうど八つの太鼓が鳴った。

「では、失礼いたす。まず、お気張りなされよ」

「ははあ」

　能登守は機嫌よく退席する。他の老中も早々に退出したようだ。さて、津ノ国屋と招福講の件、町奉行にはどのように通達いたそうかのう。

「若狭介様、まだご退席なされませぬか」

「おお、春斎か。うん、今、御用箱を整理しておったところじゃ」

「よろしければ、お茶はいかがでございますか」

「かたじけない」

　若狭介は春斎の捧げ持つ茶を手に取る。

「若狭介様、先ほどから拝見しておりましたが、能登守様と親し気に打ち解け、談笑なさっておられましたな。わたくし、微笑ましゅうございます」

　以前はなにかと我を通し、他の老中たちと相容れない若狭介であったが、この半年で人が変わったように柔らかくなった、と春斎は思う。

「春斎、そのほうの耳打ちのおかげじゃ」

「え、わたくしがなにか、申しましたかな」

「ほれ、この前、能登守様が下戸であらせられると耳打ちしてくれたではないか」

「ああ、あれでございますね」

「今、上方で米が不足して、下り酒の値が上がったのを調べておったのだが、能登守様に米は食するもので酒などあってもなくてもよろしいと申し上げたら、たいそうお喜びであった」

なるほど、若狭介様、世渡りがうまくなったな、と春斎は感心する。

「そういえば、近頃、下り酒の値が上がりましたな」

「そのせいかどうか、神田鍋町の相模屋が潰れたそうじゃ」

「あの、上等の伏見酒を扱う酒屋でございますな」

「そのほうも贔屓にしておったのか」

「わたくしは下戸ではございませんので。しかし、相模屋の下り酒は少々値が張りまして、なかなか手が届きません」

「それにしても、老舗の大店が潰れるとはのう」

「相模屋が潰れたのは、上方の米不足のせいでございましょうか」

「さあ、他になにかあるかの」

「下り酒を扱う酒屋は他にもございますが、どこも苦しいでしょうに、潰れたりはいたしません。口の肥えた酒好きは、少々値が張っても、金の出し惜しみはいたさぬと存じます。なにゆえ相模屋だけが廃業となりましたのか」

「なにかあると申すか」

「わたくしにはとんと見当もつきませぬ。ですが、相模屋の主は大店の分限者でございましたゆえ、町人の分際で吉原での大尽遊び、ちと過ぎたのでございましょう。あの里はたいそう物入りでございます」

「そのほう、そのような噂を知っておるとは、隅に置けぬのう」

若狭介はにんまりと春斎を見ながら考える。隠密長屋への次の指令は南北の町奉行からの返事を待ってからだが、相模屋が吉原でどのような金の遣い方をしたかも、調べたほうが面白かろう。

四

「いかけー」

振り分けた道具箱を肩に担ぎ、声を出しながら、二平は町の裏道を歩く。歳の頃は四十そこそこ、小柄なので多少若く見え、色黒の丸顔はまるで炭団を思わせる。尻端折りに黒い股引、どこから見ても流しの鋳掛屋である。

二平は出羽の国、小栗藩で代々鉄砲足軽を勤める家に生まれ育った。国元の城下に拝領した足軽屋敷があり、射撃の名手だった父は、軽輩でも名字帯刀を許された武士としての誇りを持っており、二平は幼い頃より厳しく銃器の扱いを叩き込まれた。

元服前から山に鉄砲を撃ちに行き、たくさんの鳥や獣を仕留めて、その腕前は地元の猟師たちを驚嘆させるほどであった。鉄砲だけでなく、弓矢や手裏剣、吹矢など、様々な飛び道具にも興味を持ち、その技を習得した。

二十五のとき、父の死で家督を継ぎ、鉄砲組に属す。三十を過ぎた頃、先代の主君が亡くなり、今の殿が初めて国入りした。当時、奥羽は陸奥も出羽も飢饉で疲弊していたが、国をあげて、若き殿の歓迎の宴が連日開かれた。

鉄砲組は殿の御前で射撃の妙技を披露することになり、二平は各種飛び道具に秀でた腕を認められて抜擢され、火縄銃、弓矢、手裏剣、短筒を間を置かずに操り、動く標的を続けざまに撃ち抜く技を実演した。

軽輩ではあるが、初めて殿のお側近くに進み出て、直々に褒められ鉄扇を賜った。が、やがて鉄砲組は廃止された。乱世から何代も経ち、泰平の時代に火縄銃は無用の長物とみなされ、組に属する足軽たちはそれぞれ別のお役目に異動した。

鳥や獣の好きな二平は山小屋の番人を望んだが、結局、親兄弟も妻子もいないので江戸詰めを命じられ、本所の下屋敷にある武器蔵の番人を仰せつかった。八年前のことである。

　番人の職務は武器類の整備と点検である。刀剣、槍、鉞(まさかり)、鎖鎌(くさりがま)、弓矢、鉄砲、短筒、火薬など様々な道具がそろっており、仕事そのものは閑なので、同輩のいない頃合を見計らって、密かに修練を続けた。

　半年前に突然、江戸家老から小石川の藩邸に呼び出された。

「そのほう、殿が初めてお国入りなされた十年前、鉄砲足軽を勤めておったか」

「ははあ、その当時、わたくし、国元で鉄砲組のお役目に就いておりました」

「そなたであったか。鉄砲や弓矢など飛び道具の腕を殿より賞され、ご褒美(ほうび)を賜ったことがあろう」

「はい、畏れながら、直々に鉄扇を賜りましてございます」

「うん、やはりのう。実は内々で話がある。これこれしかじか」

　殿が自分のことを覚えていてくだされたことも驚きであったが、さらに驚いたのは、公儀ご老中になられた殿のお指図で巷に潜む隠密になれとの密命であった。八年間、武器蔵の番人として閑を持て余していた二平は喜んでお受けした。藩邸の庭先で殿に再び拝謁し、以前にいただいた鉄扇をお見せすると、喜んでくださり、世のため、人のため、天下のために尽くしてくれとのお言葉であった。

　武器蔵の番人を辞し、表向きは藩を離れて国元に帰ったことになっているが、実際には江戸の巷に潜む隠密として町人になりすまし、なにがしかの稼業を身につけよとの仰せに従った。

火器を扱うのが得意であったので、ご家老が巧妙に細工した人別帳により、出羽の小栗城下から江戸に出てきた鍛冶屋の二平と名乗り、日本橋通旅籠町の井筒屋が請け人として仮の住まいを世話してくれた。田舎の鍛冶屋が江戸ではどんな職に向いているか、考えた末、鋳掛屋の親方を見つけて仕事を覚えた。

そして、ふた月前、完成したばかりの田所町の十軒長屋に移るよう命を受けた。店子は自分を入れて九人。これがみな、元小栗藩の家中。作事方、賄方、小姓、馬廻り、祐筆、そして忍びが二人、奥医師の寡婦、さらに長屋の大家が勘定方。忍びと奥医師の寡婦以外は、みな足軽よりも上位である。が、驚いたことに全員が裏長屋の住人そのものであり、元の身分など頓着なく、気安く付き合ってくれる。

最初の晦日に店賃として過分の手当をいただき、殿からの世直しのお指図をみなで仰せつかった。長屋の仲間とともに江戸の町を探索し、天下を揺るがしかねない悪事を突き止め、一味を追い詰めた。そのとき、二平は得意の火薬を用い、悪人を懲らしめる仕掛けの効果を上げるのに役立った。田所町の十軒長屋には空き店が一軒あり、そこには武具や火器をはじめとし、様々な兵器類や火薬が隠されているのだ。

　その後、殿からの新しい指令はなく、大家の発案で独自に江戸の町を見廻り、みなで悪事の種を探し出すことになった。潰れた酒屋の一件、親切な質屋が開く招福講、町方の御用聞きを務める花川戸の博徒、それらのつながりを、鋳掛屋として町を流しながら探索するのが二平の役目である。

　世のため、人のため、天下のために働くなどとは、生まれてから一度も思ったことはなかったが、今はそれが自分のためでもあるのだ。


「いかけー」

「ちょいと鋳掛屋さーん」

　相模屋のあった鍋町のすぐ近く、竪大工町の裏手にある横町を流していたら、女の声がする。

「へーい」

　勘兵衛長屋とさほど変わらぬどこにでもあるような開かれた木戸の前に、三十半ばの痩せた女が疲れた様子で立っていた。

「おかみさん、お呼びですか」

「ちょうどよかったわ、鋳掛屋さん。釜が壊れて、おまんまが食べられないの。ちょいと見てくれないかしら」

「へい、承知いたしました」

二平を呼び込み、女は長屋の一軒に入る。

「よいしょ」

入口に道具箱をおろして、二平は土間に立ったまま、室内をさっと眺める。がらんとした九尺二間は見るからに寒々とした貧乏所帯だ。

「これなのよ」

女は竈にあった釜を見せる。

「こりゃ、なかなか、ものはいいですね」

底にひびが入っているが、貧乏所帯にしては上等の鉄の釜である。

「でしょ、昔は亭主の稼ぎがよかったのよ。今じゃ、酒ばっかり飲んだくれて仕方ないけど」

「ほう、ご亭主、なんのご商売ですか」

「大工よ」

「へえ」

「ねえ、その釜、直してもらえる」

「はい、やらせていただきます」

「おいくら」

　さて、いくらにしようか。上等の釜、新品で買うと三百文から五百文といったところ。ひびを埋めるのに二十文ぐらいかかる。が、大負けしておこう。

「八文でいかがでしょう」

「わあ、助かります。お願いするわ」

「ちょいとお宅の前の路地をお借りしますよ」

「いいわよ。汚くて狭いけど、そこでよけりゃ」

　路地の片隅に筵（むしろ）を敷いて、道具箱を広げ、鞴（ふいご）で火をおこして、作業にとりかかると、近所の子供たちが二平を取り囲み、珍しそうに眺める。

　錫（すず）と銅（どう）の合金を溶かして、釜の底のひびに流し込んでいく。

「おうっ、こんなとこに店、広げやがって、邪魔な野郎だな」

　人相の悪そうな遊び人風の男がふたり、二平を押しのけるようにして、大工の家に入っていく。

「ええ、ごめんなすって」

「なんです」

「こちら、大工の留吉さんのお宅でござんすね」

「そうですけど、おまえさんたちは」

「花川戸からめえりやした。十日前に留吉さんがうちの賭場で手慰み、遊んでいかれましてね」

家の中の会話は筒抜けで、花川戸の賭場という言葉に引っ掛かり、二平は作業しながら聞き耳を立てる。

「へへ、留吉さん、そのとき、持ち合わせが足りないということで、ご用立てしまして、本日が期限でございますので、いただきにあがりました」

「まあ、うちの人が十日前に賭場に。ほんとですか」

「ほんとですとも。今、世間じゃ景気がよくないから、仕事がなくて、賭場に出入りする人が多くて、うれしいような、申し訳ねえような」

「ちっとも知らなかったわ」

「そうですかい。ここに証文もございますから」

「じゃ、負けたんですね」

「ええ、まあ、お貸ししたのは、てえした額じゃござんせんが、ご用立てした分、お支払い願います」

「いくらぐらい負けたの」

「負けたのは、さあ、熱くなってらしたから、かなり入れ込まれまして、すっからかん、有り金全部なくして、それで足りない分が三百文でした」

「へえ、有り金全部なくしたその上に三百文」

「これが証文ですが」

「え、借りたのは三百でしょ。ここに四百文て書いてありますけど」

「はい、十日分の利息が百でして、負けと合わせて四百の貸しです」

「そんなに利息を取るんですか」

「博奕の負けはその場で払うのが決まりでしてね。でなきゃ、簀巻き(すまき)にして、大川(おおかわ)に叩き込みます。が、それを助けて貸しにする分、利息も高うござんす」

「困ったわ。四百なんて、そんな大金、ありませんよ」

「なんだとっ」

丁寧(ていねい)だった男の声が急に荒々しくなる。

「四百がねえだと。留吉の野郎、どこにいやがるんだ」

「さあ、普請だと思うんですけど」

「おう、おかみさん。大工の手間賃は日に四百ぐらい稼ぐだろう。それなのに、うちに銭がねえのかよ」

「ええ、このところ、景気が悪くてねえ」

「そのくせ、賭場で遊びやがって。ちぇっ、しょうがねえな。ちゃんと取り立てなきゃ、俺たちが親分にとっちめられるんだ」

「そうだよ、兄貴。じゃ、代わりに金目のもんでも持ってくしかねえ。ああ、だけど、見渡したところ、なんにもねえ家だねえ」

「ほんとになんにもねえなあ。なんかねえのか、金目のもんは」

「すいませんねえ」

「じゃ、おかみさん、おまえさんのその着物と帯、貰ってこうか」

「着物と帯だけじゃ、四百に足りねえや。襦袢と腰巻も脱いでくれ」

「おう、そいつはいいねえ」

「いやですよう」

「いやかい。じゃ、それとも、おかみさん、体ごと岡場所で稼ぐかい」

「なに言ってるのよ」

「おかみさんほど、年増じゃ、吉原は無理だからな」

「さあ、来いよ」

「ちょいと、やめとくれよ」

ちょうど釜の修繕を終えた二平が中を覗く。

「ええ、おかみさん、釜の直し、終わりました」

遊び人ふたりが二平をにらむ。

「だれでえ、てめえは」

「へい、鋳掛屋でございますが。今、こちらの御用で釜を直させてもらってたんです」

「ほう」

遊び人の弟分が釜を見てうなずく。

「兄貴、こりゃ、なかなかいい釜ですぜ」

「そうかい」

「おい、鋳掛屋、この釜、いい品だろう」

「へい」

「いくらぐらいする」

二平は正直に相場を答える。

「さあ、新品なら相当の値がつくでしょうが、古いから五百ってとこですかね」

「そいつはちょうどいいや。兄貴、女を連れてくのは面倒だ。釜にしとこうぜ」

「そうだな。じゃ、おかみさん、おめえさんのような年増のすべた、岡場所でもたいした銭にならねえや。夜鷹だって一晩の稼ぎが十六文だからな。借金の代わりにこの釜を貰ってくぜ。いいな」

おかみさんは首を振る。

「そればっかりはよしてください。それがないと、おまんまが炊けません。亭主が帰ってきたら、なんとかお返ししますから」

「知るか」

遊び人は釜を取り上げ、持っていこうとする。

「兄さん方、ちょいとお待ちくだせえ」

見かねて二平が声をかける。

「なんでえ、鋳掛屋」

「せっかくあたしが直した釜、持ってくんですかい」

「おめえにかかわりねえや」

「ですがね、今、聞こえたんですが、こちらの大工さんの借金、四百文ですよね」

「それがどうした」

「その釜は五百ぐらい。おまえさんたち、取りすぎになりませんか」

「いいんだよ。この証文をよく見な。十日待って四百文だが、ほら、十日で返さねえときは、一日ごとに利息が百文増えるんだぜ」

二平は驚く。

「なんです。そんな馬鹿な証文があるんですか」

「なにをっ、馬鹿だと」

「おう、鋳掛屋、余計な口出しするんじゃねえ。それが賭場の貸し借りよ。いやなら留吉の野郎、見つけ次第、簀巻きで大川だ」

「うーん」

二平は唸る。

「じゃ、こうしませんか。あたしが代わりに四百出しますから、釜は持ってかないで、その証文をこっちにいただけませんか」

「なんだい。おまえさんが肩代わりするってのかい」

「ええ、お願いいたします」

ふたりの遊び人は顔を見合わせ、うなずく。

「いいよ。銭さえ貰えりゃ、だれが出したって銭に変わりはねえ。じゃ、鋳掛屋さん、今すぐ、耳をそろえて四百文、貰えるかい」

二平は懐から財布を取り出し、銭を数えて遊び人に渡す。

「おう、たしかにぴったり貰ったぜ」

「じゃ、証文はこちらに」

「はいよ。おかみさん、邪魔したな。留吉さんにどうぞよろしく」

戸の外には長屋の閑人たちが覗き込んでいる。

「おう、おう、てめえら、見せもんじゃねえやい」

ふたりの遊び人は悪態をついて周囲を睨みながら、去っていく。

「鋳掛屋さん、なんとお礼を申し上げてよいやら」

大工の女房は畳に頭をすりつける。

「いいんですよ。おかみさん。顔をお上げなすって。あたしはせっかく直した釜をあんなやつらに持ってかれたくなかっただけです」

「四百文を立て替えてくださった上に、まだ修繕の八文もお支払いしてなくて」

「それはいいんです。袖すりあうも他生(たしょう)の縁。ご亭主は仕事もしないで、今日も飲んでるんですか」

「不景気で仕方がないんですよ」

「飲み代だって、そこそこするでしょうに」

「はい、大工は普請があれば、いい銭になりますから、付けのきく居酒屋にでも行ってるんでしょうけど、まさか、賭場にまで出入りしてたなんて、まったく気がつきませんでした」

「そいつは弱りましたね」

「なにもかも、世間の景気が悪いせいかしら」

「世間のせいにしちゃ、いけませんぜ」

「はい、おっしゃる通りですが。ちょいと鋳掛屋さん、まあ、お上がりなさい。そんなところに突っ立ってないで」

「え、だけど」

「お礼に今、お茶でもいれるわよ。ねっ」

「うーん、おかみさん、女の人ひとりの家に上がるなんて」

「なに、遠慮することないわよ。岡場所でも売れそうにない年増のすべたなんですから」

　よくよく見ると、そんなに不器量でもない。若くはないが、ほっそりと背は高く色白で、そこそこいい女なのだ。さっきの遊び人、着物から襦袢まで脱がして素っ裸にしようとしたのもうなずける。

「じゃ、まあ、仕事のあとは喉（のど）が渇くんで、茶を一杯ごちそうになります」

「さ、汚いとこですけど」

二平は狭い座敷に上がる。

大工の女房はささっと茶をいれて、盆に載ったふたつの茶碗を二平の前に置き、正面に座る。

「どうぞ」

「いただきます。おや、さっきの兄さんたち、気がつかなかったようだが、いい茶碗ですね。それにその急須も」

「あら、目が利くのね」

「商売柄、少しは。あたしが直した釜だって、上等ですよ」

「あたし、留吉の女房でお玉（たま）と申します。鋳掛屋さんのお名前は」

「え、なんです」

「借金を立て替えてくださった方の名前も知らないんじゃ、困るじゃない」

「へい、二平と申します」

「よろしくね、二平さん」

差し向かいで頭を下げ合い、茶を飲む。

「ほんとに助かったわ。四百文の借金も払えないなんてね。昔はうちの人もけっこう稼いでくれてたんですけど」

「大工さんと伺いましたが、日に四百は稼ぐんでしょ」

「ふふ、四百なんて、まあ当たり前、腕はいいのよ。大きな普請があったら、日に千文はいくかしら」

「そいつは豪儀だ。あたしなんぞ、一日、町を流して歩いたって、せいぜい百がいいとこですよ」

「ま、鋳掛屋さん、日に百文。それでやってけるの」

「女房も子もいない独りもんで、酒も飲みませんから」

「そんな方に亭主の借金、四百も肩代わりしてもらって。すぐにお返ししなきゃ」

「日に普通で四百稼ぐ大工さんが、博奕の銭も払えないなんて、よっぽど世の中、不景気なんですね」

「それだけじゃないのよ」

お玉は肩を落とす。

「とおっしゃると」

「うちの人、変なもんに引っ掛かっちゃってね」

「ご亭主が」

「そう、招福講なんてもんに入れ込んじゃって、身動き取れなくなったのよ」

「招福講」

二平ははっとする。

「鋳掛屋さんも入ってるの、招福講」

「いえ、あたしは知りませんが、いったいどんな」

「知らないの、今、はやってるのよ」

「講っていうと、無尽や頼母子講みたいなもんですか」

「そうよ。ちゃんとした質屋が胴元だし」

「胴元って、博奕の親方みたいですね」

「違いないわ。福の神を招く招福講なんていってるけど、福の神どころか、やってくるのは貧乏神に疫病神よ」

「そいつはひどいなあ。稼ぎのいい大工さんがなんでそんなもんに引っ掛かったんです」

「ちょっと前にまとまったお金のいることがあって、棟梁にも相談できないし、うちの人、道具箱を質入れしたの。それがなんと三両も貸してくれたのよ」

「三両、そいつはすごい。あたしの鋳掛屋の道具箱じゃ、とても無理だ」

「それが小柳町の津ノ国屋さん」

「へっ、津ノ国屋といえば、親切で名の通った質屋ですね」

「それは知ってるのね」

「あたしは貧乏で、質入れする品もありませんが、津ノ国屋じゃ、安い利でたくさん用立ててくれるとか」

「ほんとに親切なのよ。つまらない質草でもたくさん貸してくれて、うちなんか返すのにちょっと遅れたんだけど、道具箱は大工さんにとって命みたいなもんでしょうと、流さないでくれたの。それで道具箱は無事に返ってきて」

「へえ、ありがたい質屋さんですね」

「あれで商売、やってけるのかと思うぐらい親切なの」

「ふーん」

「それで、亭主は恩に着て、津ノ国屋が脇でやってる招福講に入っちゃったの」

「どういう講なんですか。招福講って」

「お金を毎月、こつこつ積み立てて、くじに当たると千両が貰えるの」

「千両、うわあ、そいつは大きいですね。あたしみたいな独りもんなら、そんだけありゃ、一生遊んで暮らせますね」

「独りもんでなくても、遊んで暮らせるわ。そこが招福講の恐ろしいところ」

「どこがです」

「まず、講の仲間になるには、最初の月に奉納金として一両。翌月からは毎月十日に一分」

「最初に一両で、以後は毎月一分。で、千両はいつ」

「年に一度、師走（しわす）の十五日にくじ引きがあって、当たった人が千両貰えるのよ」

「じゃ、十一月に講に入って、翌月にくじに当たれば、千両、丸儲けですね」

「ところがそうはならないの。くじを引けるのは、講の仲間になって丸一年以上の人だけ」

「じゃ、最初の一年は、ひたすら一分を払い続けるわけですか」

「奉納金一両と毎月の掛け金が全部で十一分、一年で三両と三分」

「それでも、当たれば千両になるんですね」

「年に一度のくじに当たるのは、たったひとりだけなの」

「いったい、招福講仲間の人数はどれほどなんです」

「最初の頃は人数が少なくて、年に一度のくじに当たっても貰えるのは十両だったそうよ。それが五年ほど前、講が千人を超えたので百両、三年前に一万人を超えたので千両になったというのよ。うちの亭主が入ったのが、ちょうどその頃」

「一万人を超えて千両」

「その内のたったひとりだけが年に一度のくじに当たるわけ」

「富くじも千両だけど、万人にひとりしか当たらないんじゃ、毎月一分、ずっと払い続けても無理なんじゃないかなあ」

「そう思って途中でやめる人もけっこういるの」

「でしょうねえ。でも、払った金は戻らないんでしょ」

「それどころか、途中でやめるのは招福講仲間に迷惑がかかるというんで、迷惑料に一両取られるの」

「えっ、一両払わないと抜けられないんですか。そいつはひどいや。そんな講に入りたがるやつはいるんですかね」

「だって、入ってみなきゃ、わからないし、続けてれば、千にひとつか、万にひとつか、千両が当たるかもしれないでしょ」

「当たらないだろうけどな。でも、そんな講に千人も万人も講仲間がいるってのも解せませんね」

「ところが、この招福講のすごいところが、知り合いを誘って仲間に引き入れると、入れた人にご褒美が出るの」

「ご褒美ですか」

「ひとり誘ったら、一分のお金が出るの」

「ひとり入れたら一分、てことは、四人で一両」

「この不景気に一分稼ぐのは大変でしょ。だから、血眼で仲間を増やす人もいるのよ。百人引きずり込んだら、二十五両だもの」

「いったい、どんな人たちなんです。招福講仲間って」

「たいていは職人や小商人、長屋の大家さんがご褒美ほしさに店子みんなを無理やり誘ったり」

「うわ」

「町人が多いけど、御直参(ごじきさん)の御家人、江戸詰の下っ端侍、なかにはお坊さんもいるそうよ」

江戸詰の下っ端侍、まるで自分のことを言われているようだ。

「世の中、景気が悪くて、みんな苦しいでしょ。質屋でお金をこしらえて、津ノ国屋さんの親切にほだされ、当たりもしない千両に引かれて講に入っちゃう人もいるのよ、うちの宿六みたいにね」

なるほど、どんな質草も預かり、利が安く、しかも返済が遅れても流さない、そんな貧乏人の味方のような商売をする質屋は儲けにならない。だが、津ノ国屋は質屋で儲けなくても一向にかまわないのだ。招福講で莫大な利益があるのだから。つまり、親切な質屋は人を招福講に誘い込む引き札のようなものだ。

「留吉さんは今でも毎月、一分ずつ払ってるんですか。大変だなあ」

「いいえ、もう抜けさせたの、あたしが。だって、この家を見てよ。昔は家財道具もたくさんあったし、あたしの着物だって、けっこうあったの。それが講に払うお金のためにあらかた消えちゃったのよ。着物なんて、これ一枚の着たきり雀、さっきの遊び人に着物から襦袢まで持ってかれたら、この冬空にそれこそ素っ裸で過ごさなきゃならなかったのよ。ああ、思っただけで恥ずかしい」

襟をかき合わせるお玉。二平は素っ裸になったお玉の姿をちらっと思い浮かべ、唾を呑み込む。

「おかげで、うちの人、仕事もしないで、酒ばっかり飲んで、博奕までやってたなんて、あたし、どうしましょう」

お玉は大きく溜息をつく。

「あら、見ず知らずの二平さんにこんな愚痴ばっかり言って、迷惑よね」

「いえ、迷惑だなんて、とんでもない」

「ほんと」

「はい」

二平は思案する。

「じゃ、こうしましょうか。留吉さんには今後、酒も博奕もやめてもらいます」

「え、やめてもらうって」

「この証文はあたしが預かりましょう」

「二平さんが」

「どうか、お玉さん、約束しておくんなさい。ご亭主に酒も博奕もやめさせると」

「そうしてくれるかしら、あの人」

「もしも、留吉さんがまた酒を飲んだり、賭場に出入りするようなことがあれば、あたしはこのあたりを流しておりまして、なんでも耳に入ります。あたしがこの証文を持って、留吉さんに会います。日に百文の証文。明日で五百、明後日で六百、借金はどんどん増えるでしょう」

「それは困るわ」

お玉は顔をしかめる。

「まあ、ご心配なく。今度、酒を飲んだり、賭場に行ったりすれば、あたしがこの証文と引き換えに留吉さんを人足寄せ場に送り込みますから」

「えっ、ほんと」

お玉は急に目を輝かせる。

「そのほうがあたしだって、助かるわ」

「じゃ、お玉さん、修繕の八文はいただかなくて、けっこうです。そのかわり、酒と博奕はいけませんとお伝えください。じゃ、お邪魔しました。おいしいお茶、ごちそうさま」

「ありがとう存じます。ねえ、二平さん」

「なんです」

「うふ、おかみさんもお子さんもいないんでしょ」

「ええ」

「しょっちゅう、このあたり、流してるんでしょ」

「ええ、まあ」

「亭主が酒をやめるかどうか、わからないわ。ねえ、四百でよければ、いつでもお返ししますから、また寄ってね」

「はい」

「きっとよ、二平さん」

二平はぼんやりしながら長屋を出る。ちょいと色っぽいおかみさんだったな。だけど、俺みたいな炭団面がもてるわけないか。あーあ。

「いかけー」

第三章　質屋の正体

一

十月もようやく終わる晦日の夕暮れ、亀屋の二階の八畳間に長屋の店子たちが三々五々集まった。どこの長屋でも大家が店賃を集めて地主に届ける決まりだが、この勘兵衛長屋はそうではない。世間に知られてはまずいが、店子に店賃が配られることになっており、晦日には大家の振る舞いで酒宴が張られるのだ。

無礼講のため席次は適当である。とはいえ、北側の床の間を背にした上座に大家勘兵衛、そして、今日は珍しく来賓として通旅籠町の井筒屋作左衛門、その横には女ながら最年長の産婆のお梅が並ぶ。

上座に向かって右手の東側窓際に浪人左内、大工の半次、鋳掛屋二平の三人。反対側の壁際には易者の恩妙堂玄信、小間物屋徳次郎、箸職人の熊吉の三人。南側下座に飴屋の弥太郎、女髪結のお京、隣に番頭久助の膳も置かれ、弥太郎、お京と三人でさきほど料理と酒を運び終わった久助も改まって席に着く。

「みんな、集まってくれてご苦労さんだね。顔触れもそろったし、今日は久々に井筒屋さんにもお越しいただいたんで、そろそろ始めましょう。早いもので、わたしが大家になって三回目の晦日、いつもはわたしからみんなにお渡しする店賃(たなちん)、今日は長屋の地主さんの井筒屋さんが持ってきてくださったんで、今からお配りしますよ。じゃ、井筒屋さん、よろしく」

言われて、井筒屋作左衛門が福々しい笑顔で挨拶する。

「やあ、みなさん、ふふ、うれしいねえ。先月のお働き、お殿様もたいそうお喜びでした。まずは飲んで酔う前に店賃をお受け取りください」

小分けされた金の包みを作左衛門が取り出したので、勘兵衛は久助に声をかける。

「久助、頼むよ」

「かしこまりました」

久助は作左衛門の前に進み出て、恭(うやうや)しく店賃の包みを受け取り、それぞれの店子の前に届ける。

「旦那、ありがとうございます」

「ありがとうござんす」

「かたじけのうござる」

店子一同が作左衛門に頭を下げる。

「みなさん、間違いがあってはいけないので、中を確かめてくださいな」

「はい」

「おっ、こいつはすげえや」

包みを開けて半次が声をあげる。

「五両もいただいていいんですかい」

みな、それぞれ包みを開けて驚きの様子。

「今月はお殿様のお指図がなかったのに、こんなに頂戴しちゃって」

最初の八月はみなに一律三両の店賃が配られた。元の身分も年齢も男も女も関係なく同額であった。三両といえば、長屋の住人にとっては大金である。翌月の九月にはお役目を果たしたという恩賞の意味もあり、倍の六両であったので、晦日は大いに盛り上がったのだ。

今月はお殿様からの指令はなく、てっきり三両かと思っていたら、五両とはいったいどういうわけであろうか。

作左衛門は鷹揚にうなずく。

「いいんですよ。さ、まずは一献、始めましょう」

「はあ、では」

みなそれぞれ酒を注ぎ合う。

「井筒屋の旦那さん、こんなお婆さんでよけりゃ、おひとつどうぞ」

「こりゃ、お梅さん、ありがとう。さ、わたしからも」

作左衛門はお梅に酌(しゃく)をする。

「あら、うれしいです」

下座ではお京が久助に酒を勧めている。

「久助さん、どうぞ、召し上がれ」

「畏れ入ります。あ、あたし、下戸(げこ)なんでお猪口(ちょこ)に半分で」

「いいなあ、久助さん」

羨ましそうに見る半次。

「じゃ、大家さん、いただきます」

「さ、みんな、遠慮なくやっとくれ。上等の酒がまだたくさんあるから」

「相模屋の下り酒じゃないでしょ」

半次に言われて勘兵衛はにやり。

「今日は井筒屋さんから樽でいただいた灘の下り酒だよ」

「ほんとだ、こいつはうめえや」

「半ちゃん、おまえに酒の味がわかるのかい」

舌鼓を打つ半次を徳次郎が茶化す。

「冗談言っちゃいけねえ。井筒屋の旦那、上方の銘酒をありがとうござんす。おまけに過分な店賃、五両も頂戴しまして」

「そのことなら、ご心配なく。店賃の出所はわたしじゃなくて小石川のお殿様なんだから。今月はお殿様からのお役目のお指図がなかったにもかかわらず、みなさんがいろいろと探索してくれたと、そうお伝えしたら、大変に感激なされて、それでいつもより多めの店賃になったのだよ」

「ああ、そうでしたか。ありがたい。お殿様、ちゃんとあたしらの動きをご存じなんですねえ。五両もあれば、来月早々、顔見世に行けるなあ」

「なんだい、半ちゃん、また芝居かい」

「うん、ここから近い堺町と葺屋町、今度は中村屋と成田屋の顔合わせに、上方から松嶋屋も来るってんで、たいそうな評判なんだ」

「芝居、金がかかるんだろ」

「まあね。茶屋を通していい席を取ったら、ちょいとした散財だ。でも、五両あれば御の字、お釣りが出るよ」

「芝居なんかに金遣って、溝に捨てるようなもんだぜ」

「なんだと」

「まあまあ」

憤る半次をなだめ、玄信が徳次郎に意見する。

「それは徳さん、おまえさんが間違っておるな」

「なんです、先生」

「半次さんにとって、芝居を見るのは天職のようなものだ。半次さんの得意技は人の真似をすること。この前の隆善上人の声色、わたしが書いた台本を朗々と読み上げて、大向こうを唸らせただろ。あれは芝居の花形や千両役者の仕草を見て覚えた技だとわたしは思う」

「いいこと言ってくれますね。先生、あっしはうれしゅうござんす」

「じゃ、半ちゃん、好きなだけ芝居見に行くがいいや」

「へへ、徳さん、おまえ、いっしょに行くかい。奢るぜ」

「いいよ、芝居なんて」

半次は下座のお京に声をかける。

「お京さん、あっしといっしょに芝居に行かないかい」

「いいえ、どうぞ、おひとりで行ってらっしゃい」

作左衛門はうれしそうに酒で和む一同を見渡す。

「さて、今日、わたしがここに来たのにはわけがありまして」

お京が色っぽく、井筒屋を見つめる。

「あら、旦那、店賃をお持ちくださった他に、なにかおありなんですか」

「みなさんといっしょに飲みたかった。酌をしてもらうには、お京さんはちょっと遠いが、お梅さんの酌がとてもありがたい」

「ほんとですか、あたしもうれしい」

「が、それともうひとつ、重要なわけが。実はみなさん、お待ちかね、お殿様より新しいお指図が出ましたので、それをお伝えしに」

「ええっ、大事なお指図だったら、飲む前におっしゃってくださいよう」

半次が驚いたように言う。

「しかし、みなさん、夕暮れでお腹も空いてらっしゃるし、喉も渇(かわ)いてたでしょう。それをお預けにして、改まって長々とお指図のお話じゃ、ちょいと野暮(やぼ)じゃないかと忖度(そんたく)しましてね」

「井筒屋殿、それはちと、違いませぬかな」

ぐいっと盃を飲み干し、不服そうに左内が言う。

「ほう、左内さん、どこがでしょう」

「われら、酩酊(めいてい)する前に殿からの大事なお指図、心して承(うけたまわ)りたかった」

「まあ、そうおっしゃられては、その通りなんですけどねえ」

左内に言われて、作左衛門の恵比寿(えびす)顔が曇る。

「まあまあ、おふたりとも」

お梅が割って入る。

「あたし、思うんですよ。左内さんのおっしゃることはもっともです。飲んで酔ってからじゃ、大事なお話を伺うのもおろそかになりますもの。また、井筒屋さんのお心遣い、夕暮れに腹を減らした者たちの前で長々としゃべりたくないのもよくわかります。昔から言うじゃありませんか。腹が減っては戦(いくさ)はできぬって。だから、大事なお指図のお話、食べながら聞いてもかまわないと思うの。それに、みんなお強い方々ばかり、少しぐらい飲んだからって、へべれけに酔っ払ったりしませんよ。だから、飲みながら、食べながら、大切なお話を伺いましょう」

「いやあ、お梅殿、拙者がつまらぬ横槍を入れ申した。井筒屋殿、この通りお詫びいたします。どうぞ、お話しくだされ」

左内は殊勝に頭を下げる。

「いえいえ、左内さん、わたしのほうこそ、いい歳をして余計な忖度で、かえって配慮が足りず申し訳なく思います」

横から、半次が感心する。

「さすが、お梅さん、うまくまとめたね。亀の甲より年の功だなあ」

「いやな半ちゃん。また人のこと、婆さん扱いして」

お梅は膨れる。

「いよっ、姥桜。婆さんなんかじゃありません。あ、いっしょに顔見世、行きませんか。下り酒もいいけど、上方の下り役者もいいですよう」

「もう酔ってんのかい、半ちゃん」

真向かいの徳次郎がまたからかう。

「話が横道にそれましたな。井筒屋さん、お殿様からのお指図、どうぞ、お話しください」

勘兵衛の言葉に一同は改まる。

「はい、勘兵衛さん。では、みなさん、お強いので、飲みながら、食べながら、お聞きくださいませ。お殿様からのお指図ではありますが、わたしが直に伺ったのではなく、これはご家老を通じてのご伝言ですので、書き留めた覚書を見ながらお伝えいたします」

若狭介から長屋の隠密一同への通達は以下である。

まず第一に、指令がないのに、江戸の町を独自に奔走し、世直しになりそうな不正の種を見つけ出したことに対して、礼を言いたい。

神田鍋町の酒屋、相模屋が潰れたのは、上方の米の不作、それにともなう下り酒の高騰、番頭の借金など、よく調べた。そこから小柳町で評判の親切な質屋、津ノ国屋との関連、津ノ国屋が開く招福講、津ノ国屋が高利で貸し付けた借金の取り立てに町奉行所の手先が使われている件、行き届いた報告である。

そこで老中の権限で南北の町奉行に問い合わせた。

あからさまに津ノ国屋の悪事を追及するのは、不正があった場合、隠蔽されるおそれもある。それで、近頃、将軍家が行われた孝子奨励を引き合いに出した。巷で貧しい民を救う親切な質屋として津ノ国屋の名があがっているが、称賛に値するかどうか。また津ノ国屋が民の助け合いとして開いている招福講についても詳しく知りたいが、いかがであろうかと。

津ノ国屋とは別の案件として、治安のため、町奉行所の同心が私的に手先を使っているとのことだが、中には無頼の博徒が手先を務めているとも聞く。それはまことであるかと。

以上の問いに、やがて、両町奉行から返答が届いた。

まず、津ノ国屋の件に関して、南町奉行、磯部大和守からの報告は、さほどはっきりしない。質屋としての津ノ国屋は民の味方との評判で、低利での貸し付けは貧民救済に役立っている。が、一方で行う招福講については、陰富のおそれもあり芳しくない。津ノ国屋を成功者として褒める者、金に汚いとけなす者。賛否は分かれるが、今のところ苦情の訴えがなく、奉行所としては手をつけていない。

一方、北町奉行の柳田河内守からは、将軍家が津ノ国屋を奨励なされるのは喜ばしいとの返答があった。たしかに毀誉褒貶はあるが、どこからも訴えられていない。それどころか親切な質屋との評判は高く、民の力になっている。津ノ国屋が質屋の傍らに手掛ける招福講もまた万民の味方と好評である。悪しざまに言う者もないではないが、おそらくは一代で財を築き上げた津ノ国屋を妬んでのことであろう。景気の悪い今、民の救済に力をそそぐ天晴な津ノ国屋吉兵衛を誹謗中傷する輩は町奉行所で取り締まってもよい。

南の無関心はわかるが、津ノ国屋を北町奉行柳田河内守が過分に褒め讃えるのは気にかかる。

奉行所が無頼の博徒を手先に使っている点については、南北とも同じ意見であった。町奉行所は江戸の町人を支配する役所であり、町の治安、行政、司法を司る。北と南、それぞれに与力二十五人ずつ、同心百二十人ずつである。そのうち、町を見廻る定町廻同心は各六名ずつ、臨時廻同心も六名ずつ、五十万人にのぼる町人の治安は南北合わせて二十四名の同心が担当している。

町で悪事が行われると、先端で解決にあたるのはこの二十四人なので、手不足は否めない。そこで悪に通じる町人、無頼の博徒などを同心が手先に使っているが、あくまでも同心の勝手であり、奉行所が正規に雇い入れているわけではない。それゆえ手先が悪事を働いた場合は、重罪人として厳しく裁き、磔や獄門に処するので、別段差し障りはなかろう。

以上が両町奉行所からの返答である。

「そこで、お殿様からみなさんへのお指図ですが、まず、津ノ国屋に悪行の疑いがあれば、それをはっきりさせること。世間にとっては、とても親切でありがたい質屋だそうですが、招福講はどうも胡散臭い。津ノ国屋と博徒の花川戸の富蔵のつながり、どういう因縁で結びついているのか。富蔵が無法なことをしていたら、それもまた浮かび上がらせて罰したい。また、北町奉行柳田河内守がなにゆえに津ノ国屋をことさらに褒めるのか。そのあたりを追及するようにとのことです」

作左衛門の話に聞き入り、みんなの盃の手が止まっていた。

「承りました。みなで津ノ国屋を念入りに洗うことにいたします。そして博徒富蔵や町奉行とのつながりもはっきりさせましょう」

「はい、勘兵衛さん、みなさん、お願いいたします。そして、もうひとつ、お殿様から鍋町の酒屋、相模屋がどうして潰れたのか。番頭がなにゆえ、下総の酒造りの騙りに引きずり込まれたか。相模屋の主人与右衛門が吉原で大尽遊びをしていたのはほんとうか。それも探ってほしいとのことです。いかがですかな」

「なるほど、相模屋の主が吉原で大金を遣って遊んでいたのも店を潰す一因であったのですね」

「どう考えても、津ノ国屋の招福講はいかがわしいです。そのあたり、訴えがどうして出ていないのか、どこまで評判がいいのかも探っていただけますかな」

作左衛門の言葉にみんながうなずく。

「あの、よろしいでしょうか」

普段おとなしい二平が発言する。

「なんだね。二平さん」

「実はあたし、ついこのあいだ、たまたまですが招福講のからくりを聞いたばかりでして」

「え、そいつは間がいいね」

「神田の竪大工町の裏道を掛け声出して流していましたら、とある長屋のおかみさんから声をかけられ、飯の釜の修繕を頼まれまして、長屋の路地で直していました。そこへ人相の悪い遊び人がふたり、押しかけてきて、おかみさんに亭主が賭場で負けた借金の期限だから、払えと言います」

「へえ、いくらなんだい」

「四百文。払えなければ、金目のものを持っていくと言うんですが、あいにくなにもない。それで、遊び人はおかみさんの着物を脱がすか、あるいはおかみさんを岡場所に連れていくか」

「四百文で岡場所はないや」

　半次が呆れる。

「で、直したばかりの釜が目にとまり、取り上げようとしますので、見かねて、あたしが四百文を立て替えました」

「偉い。情けは人のためならずだ」

　勘兵衛の言葉に、みんなは二平を感心したように見る。

「で、おかみさんから話を聞きますと、亭主は腕のいい大工で、けっこう稼いでいたのが、不景気で仕事が減り、招福講に入ったために、酒に溺れるようになったと申します」

「招福講に入ったために、気の毒な目に遭ってるんだね」

「そこで、招福講の仕組みをいろいろと聞きました」

　二平は大工の女房お玉から聞いた招福講について話す。

「かくかくしかじか、というのが、招福講のからくりです」

「三年前から一万人を超えたってことだけど、一万人の奉納金はひとり一両なら、それだけで一万両だよ」

「うわあ、そいつはすごいや。お大名並みだね」

半次が息を呑む。

「月々の掛け金がひとり一分、一万人なら月に二千五百両になるな」

「勘兵衛さん、いつもながら算用が早いですね」

「いえいえ、三年前が一万人、そのとき当たり千両の噂が広まって、さらにもっと人数は増えているでしょうな。江戸の町人の数が五十万人、武士が同じぐらいで五十万人とすると、一万人というのは江戸の武家町人合わせて百人にひとりが招福講に入っている勘定です。武家で入ってる者は御家人や下っ端の藩士だけでしょうが、町人はけっこう入っているでしょう。五十人にひとりで二万人、津ノ国屋の懐には毎月、何万両と数えきれない額の小判が舞い込むわけですね」

「そればかりじゃなく、その金で闇の金貸しまでしてるんで、そっちは質屋と違って高利貸しだから、どんどん金は溜まる一方ですぜ」

「それにしても、二平さん、そのおかみさん、よくぺらぺらとそこまで話してくれたね」

　二平はお玉の色っぽい仕草を思い出す。

「はい、ひょっとして、亭主に愛想が尽きたんでしょうかね」

　半次がふと首を傾げる。

「竪大工町ってのは、大工がけっこう多くて、そんな町名なんだろうけど、あっしの知り合いも、いるなあ。二平さん、その大工、名前はわかるのかい」

「うん、証文はあたしが持ってるから。たしか留吉さんていったな」

「竪大工町の留吉、あ、そいつ、あっしの知り合いだな。留吉って名前はけっこうあるだろうけど、大工で竪大工町に住んでるんだったら、間違いないよ」

「ほんとかい」

「ほら、こないだ、言っただろう。世の中になにかいやなことがないかって話。あのとき、ちょっと飲んで帰っただけで女房にどやされたってやつ。女房ほどいやな女はないって言ってた野郎が留吉だよ」

「あ、仲がいいのか、悪いのか、喧嘩ばっかりしてる夫婦」

「そうだよ。留吉の野郎、このごろ見かけないと思ってたら、酒ばかりか博奕(ばくち)までしてやがったのか」

「博奕の負けが三百文、十日で利子が百文ついて四百文、しかも証文に十日過ぎたら一日ごとに百文増えるって」

「そんな馬鹿な証文があるか」

「ここにあるよ」

「わっ、ほんとだ」

　横から半次が覗き込む。

「大家さん、ここに貸主が花川戸の富蔵って書いてありますぜ。これ、富蔵の悪事の証拠になりませんかねえ」

「それはいいかもしれないね。二平さん、それ、こっちに預からせてもらえるかな」

「大家さん、実はね。こんな証文、破って捨ててもよかったんですけど、おかみさんと約束しちゃったんです。もしも、留吉さんがまた酒飲んだり博奕打ったりしたら、あたしが乗り込んで、この証文を見せてとっちめるって」

「二平さん、そのおかみさんて、乙(おつ)な女なのかい」

「どうして」

「おまえさん、やけに親切だなあと思って」

「ちょっと気の毒なだけだよ。見るに見かねたんでね」

「ふーん」

「二平さん、ご苦労さんだね。じゃ、その証文はおまえさんが持ってればいいよ。親切な質屋の津ノ国屋、叩けばまだまだほこりが出そうだ。みんな、井筒屋さんからの灘の酒、たっぷりあるんで、今夜は好きなだけ飲んでおくれ。明日から、手分けして、津ノ国屋の化けの皮を引っぺがし、尻尾をつかんでやろうじゃないか。みんな、いいかい」

「えいえいおうっ」

二

朝の見廻りから帰ってきた勘兵衛を久助が出迎える。

「お帰りなさいませ」

「うん、ただいま」

「みなさん、ゆうべは遅くまでけっこう盛り上がりましたが、ご様子はいかがでした」

「いつもと変わりない朝だね。あれだけ飲んでもみんな、平気なようだ。あんなにへべれけだった半次もけろっとして、楊枝使ってたし」

「ふふ」

久助が笑う。

「なにかおかしいかい」

「半次さんを見てると、いつもあたしの父親を思い出すんです。あの人、どっからどう見ても大工ですけど、あれで半年前まで裃（かみしも）つけたお侍（さむらい）だったなんて、とても思えません」

「わたしだって、ふた月ほど前は勘定方で、さよう、しからば、かたじけのうござる、なんてやってたよ」

「旦那様は町人になっても、品がありますから、あたしの親父とは違います」

「品があるのはお梅さんかな。歳の割りにけっこう飲んでたように思うが、今朝はしゃきっとして、井戸端で澄ました顔で大根洗ってた」

「みなさん、お酒、お強いですね」

「でなきゃ、このお役目は務まらない。おまえは大丈夫かい。後片付けが大変だったろう」

「いいえ、あたしは下戸ですから、お酒、ほとんどいただいておりませんし、片付けものはお京さんとお梅さんと弥太郎さんまで、手伝ってくださったんで、あっという間に終わりました」

「そうだったな」

「でも、お殿様からのお指図があって、みなさん、とっても張り切っておられるようにお見受けしました」

「待ちかねてたからね」

「ひとつ、気になったんですが。うーん、こんなこと、申し上げてもなあ」

「なんだい。言ってごらん」

「質屋の津ノ国屋をみなさんで追い詰めるのはいいんですが、その質屋さん、招福講なんて変なもんさえやってなければ、ほんとに親切でいい質屋じゃないかと思ったんです。助かった人もたくさんいるでしょうし」

「そうかもしれない」

「変なこと言って、すいません。じゃ、朝餉（あさげ）の支度、いたします。あ、旦那様、今日はお昼過ぎから、番屋の当番ですよ」

「おお、そうだった。しばらく行ってなかったからね。忘れちゃいけない。それに、ゆうべの酒がまだ胃の腑に残ってるみたいだ。歳かねえ。今日の昼はあっさりでいいよ」

朝飯のあとはぼんやりと帳場で火鉢に手をかざしながら、どう動くかを考える。たしかに久助の言う通り、津ノ国屋は質屋としては世間の人助けに大いに役立ち、江戸の町民からありがたがられているようだ。ところが、その善人面の裏側にとんでもない魔性を隠し、金儲けのために人々を苦しめている。なんとかせねば。まあ、世直しとしては、みんなの働き次第であるが。

午前中は客もなく、いつも通り閑であった。昼飯を軽くすませて、人形町通りの四辻にある田所町の自身番に顔を出す。

「亀屋の旦那、こんにちは、ご苦労様です」

開け放たれた入口で定番の甚助が白髪頭を下げる。

「甚助さん、おまえさんも毎日ご苦労だね」

「いえいえ、今日はまた、お寒うございますね」

「もう十一月だよ。あっという間に来年だな」

「へへ、来年だなんて、鬼が笑いますよ」

「歳を取ると、時の流れがどうも早く感じられて、いけないね」

「なに言ってるんですか、亀屋さん、まだ五十でしょ。お若いですよ」

「この歳で若いだなんて、初めて言われた」

「あたしなんて、もうあと、三、四年で古稀でございます。さ、今、熱いお茶をいれますんで」

番屋の仕事は転居や死亡、婚姻や誕生など人別帳の書き入れ、町内の祭礼や催しなどの手配、町奉行所からの通達の告知、火の用心の夜回り他いろいろあるが、ずっと一日詰めているのは定番の甚助のみ、大家が受け持つ町役は交代でたまに順番が回ってくるだけである。

「今日の町役はわたしひとりか。下駄屋の杢兵衛さんは来ないのかい」

「はい、今日は亀屋さんおひとりだけです」

「みんな忙しいのかなあ」

「さあ、どうでしょうね。世の中、あんまり景気はよくないようですが」

「世間じゃ不景気の話がよく出るけど、番屋もそうかい」

「ここは世間とかかわりなく、年がら年中、景気はよくも悪くもありません」

「そんなもんかねえ。ときに甚助さん、いつもは他の町役さんもいるからだけど、おまえさんとふたりでゆっくりしゃべるなんて、初めてじゃないかな」

「そうですねえ。亀屋さんが町役になられて、まだふた月ほどですから。どうです、そちらの景気は」

「店のほうはまったく閑なんだが、長屋の大家がけっこう忙しくなりそうだ」

「それはようございますなあ」

隠密が忙しくなるなんて言えないからな。

「甚助さん、長いのかい。番屋の仕事」

「還暦の少し前からですので、七、八年てとこでしょうか」

「ほう、以前の商売は、なんだったの」

「ちょいとした小商いでしたが、いろいろあって、店を畳んでしばらく遊んでたんですが、暮らしも立たず、こちらにお世話になることができて、助かっております」

「遊んでちゃ、暮らしは立つまいよ。住まいは近所かい」

「いえ、今はこちらで寝起きしておりますんで」

「えっ、ここに住んでるの」

「内緒ですけど」

「てっきり通いかと思ってた」

「だって、定番は一日詰めてるのが仕事ですから、朝も昼も夜中もずっと」

「そうだったのか」

番屋の広さは長屋同様に九尺二間である。棚に様々な書類もあれば、茶道具、文机、土間には火消し道具や捕物道具などもあり、町内で騒動でも起きれば、怪しい者を留め置いたりもするが、住もうと思えば住めないこともなかろう。

「店賃のいらない番屋に住んで、お手当もいただけて、まあ、一生ここで過ごせたら、楽なもんでございますよ」

たしかにどこの自身番も番人は独り者の年寄りが多い。

「飯はどうしてるんだね」

「茶はいれられますが、煮炊きはまずいんで、外に食いに行くか、流しの物売りから買ってちょこっと食べたりしております。この歳になると、さほど腹も減りません。湯屋も近いですし、まあ、不自由はありませんや」

「なるほど、番人の仕事は忙しいだろうけど、考えてみれば、半分楽隠居みたいなもんだね」

「今はなんとかやっておりますが、この先、動けなくなったらどうなるやら。店を畳んだことは、ときどき後悔いたします」

「商売がうまくいかなかったのかい」

「いいえ、そこそこ、稼いでおりました。小さな菓子屋でしたけど」

「へえ、お菓子屋さんだったの」

「といっても、京菓子や上菓子の大店じゃなく、間口の狭い子供相手の一文菓子屋でございました。かみさんが子供好きでしたからねえ」

「え、おかみさんがいたの。お子さんは」

「かみさんとふたり暮らしで、子はおりません」

「じゃ、なんで畳んだんだい」

「かみさんが死んで、どうしようかと思ってた頃ですから、十年前、講で当たったんですよ」

「講で当たるとは」

「無尽みたいなもので、お助け講というのがありまして、商売してると、小さな店でも浮き沈みがありますから、困ったときに助け合う講でお助け講。当たりが十両なんで、たかがしれてるかもしれませんけど、女房も死んで、それだけまとまった金があれば、当分仕事もしなくていい。店を畳んで遊んでましたら、元々たいした蓄えもなかったから、二、三年で素寒貧。しがない番屋の番人になりました」

甚助は大きく溜息をつく。

「そうなのかい。お助け講って、最近よく耳にする招福講に似てるね」

「おっしゃる通り、似てるも似てないも、お助け講と招福講、元はおんなじ講だったんです」

「なんだって。おんなじ講っていうと」

「小柳町の津ノ国屋さんが始めたんですすよ。お助け講を」

「津ノ国屋というと、質屋の津ノ国屋かい」

「そうです。親切な質屋さんでしてねえ」

勘兵衛は息を呑む。世間は狭いというが、定番の甚助が津ノ国屋の講に当たっていたなんて。

「あたしが一文菓子屋をやってた家が小柳町に近かったので、声かけられてお助け講に入ったんですよ」

「甚助さん、声かけられたって、津ノ国屋をよく知ってるのかい」

「親しいってほどじゃありませんけど、顔見知りでして、主人の吉兵衛さん、親切で気のいい質屋さんで、町内でも評判でした。どんな質草を持っていっても快く引き受けてくれて、そこそこ用立ててくれる。利息もわずかで、困って返す期日が遅れても流したりしない。親切でしょう」

「ふーん」

「上方のほうの出で、大坂で質屋の小僧、向こうでは丁稚というらしいんですけど、質屋に奉公して商売を覚え、一旗揚げようと江戸に出てきて、人のためになる質屋を開いたと聞いてます。あの頃、三十前後、もう全然会ってないけど、今は四十ぐらいでしょう。店は繁昌してましたね」

「で、そのお助け講ってのは、どんな」

「ですから、よほど人助けが好きなんじゃないかなあ。みんなでいくらか出し合って困ってる人にまとまったお金を渡すところから始まったんですから」

「だけど、おまえさん、さほど困ってもいないのに十両当たったんだろ」

「へへ、運がよかったのかな。最初は困ってる人のためでしたけど、そのうちくじ引きにして、そのほうが面白いでしょ。それであたしが当たっちゃった。くじになったとたんに講仲間がどんどん増えて、貰えるお金も百両になったみたいです。あたしもそれまで続けて、百両当たってりゃ、今頃、ここで番人なんかしなくてよかったかな」

「だけど、人数が増えれば、その分、当たる割合も少なくなるよ」

「違いありません。当たりが百両になったときに、もうお助け講じゃないってんで、招福講に名を変えたんじゃなかったかな」

「今は当たると千両だよ」

「すごいなあ。千両あったら、大店の上菓子屋が開けますよ」

「講仲間は今、何万人といるらしい」

甚助はぷっと吹き出す。

「何万人もいたら、絶対に当たるわけありませんね。あたしはいいときに当たって、いいときに辞めてよかったな」

「うん、それだけ多くの人たちが、毎年何両も出して、たったひとりにしか当たらないってことは、何万人もが出した金はみんな津ノ国屋にいくんだからな。どんな質屋か知らないけれど、番頭とか女中とかはたくさんいるんだろうか」

「あたしが十両当てたときは、小僧がひとりいただけで、おかみさんも女中もいなくて、女手はなかったと思いますよ。これがまた、よく働く小僧でね」

「その頃の小柳町の店は小さかったのかい」

「はい、質屋といっても、間口は狭いし、質草を仕舞っておく蔵もなかったなあ。最近あのあたりを通ったら、驚きましたね。今じゃ、周りの家も土地も買ったのか、大きな店になってましたから」

「当たりが千両になったのは三年ほど前だと聞くが、一年の実入りが何万両と入ってくるなら、店もどんどん大きくなるね」

「途方もない話ですねえ。あの吉兵衛さんがそんな大分限者になるなんて、思いもよらなかったけど。親切は大事なんだな。情けは人のためならず、いいことをすれば、報いは全部自分に返ってくるってのは、ほんとうですね」

「そうなのか。津ノ国屋吉兵衛って人は、底抜けの善人てことなのかな。だけど、世間じゃ招福講に入れあげて困ったあげく、首を吊った人もいるそうだよ」

「博奕とおんなじで、のめり込むほうが悪いんじゃないですかね。富くじに大金遣って、はずれたからといって寺を恨むようなもんですよ」

「なるほどなあ」

そのとき、戸口で「番、番」と大声がする。

「あ、お見廻りですよ」

甚助が外に向かって返事をする。

「へーい」

御用箱を背負った町奉行所の小者が声をあげる。

「番人、旦那のお見廻りであるぞ」

「ははあ」

　小者の後ろには着流しに黒い長羽織、髪を銀杏に結った南町奉行所定町廻同心の井上平蔵が胸をそらして立っている。

　勘兵衛は甚助とともに入口にひれ伏したまま、恭しく挨拶する。

「井上様、お役目、ありがたく存じます」

「うむ、町役、変わりはないか」

「ございません」

「そうか」

「ときに旦那」

「なんじゃ」

「変わりはございませんが、いかがでございましょう。お忙しいとは存じますが、外はお寒うございます。ちと、熱い茶など」

「うん、そうだな。ちょいと一服いたそうか」

　甚助が気をきかせて、上がり框に座布団を敷いたので、平蔵は腰掛け、小者に言う。

「おう、太吉、おまえも寒いだろ。御用箱を置いて茶を貰え」

「へい、旦那」

小者は御用箱を上り口に下ろし、平蔵の脇に突っ立つ。

甚助が素早く煙草盆を差し出し、茶を用意する。平蔵はおもむろに煙管を取り出して、煙草を詰め、火をつける。

「ふうっ」

側に正座し、勘兵衛は平蔵をちらっと見る。歳の頃は三十過ぎ、上背があり肩幅広く胸板は厚い。外廻りのためか顔色は浅黒く精悍である。市中取り締まりで悪党とも渡り合うこともあろう。かなり武芸はできそうだ。

「そのほう、新顔だったな。ええっと」

「ふた月前から町役を務めております田所町の亀屋勘兵衛でございます」

「そうだった。亀屋、たしか絵草子屋だろう」

「さようでございます。井上様は南の御番所でございましたね。今月は月番、お世話になります」

「今月は南が月番だが、俺たち外廻りには月番なんてないよ」

「はあ」

「訴えのお取り上げやお裁きは月ごとに南と北で交代だが、外廻りはそれぞれ持ち場が決まってるんだぜ。北の月番だから南の定町廻はひと月の骨休めなんてできないんだ。考えてもみろよ。市中取り締まりの持ち場に月交代はない。神出鬼没の悪党に北も南もないからな」

先月は北町が月番だったが、そういえば、南町の井上平蔵はちゃんと市中を廻って自身番に顔を出していた。

「さようでございますね。ときに井上様、わたくし、まだ町役に慣れておりませんので、つかぬことを伺います」

「なんだい」

「町方の旦那方はみなさま手先を使うと聞いておりますが、そちらの太吉さんは旦那の手先を務めておられますか」

言われて太吉は首を横に振る。

「ああ、こいつは違う。手先じゃないよ。小者といって俺の奉公人で、背負ってる御用箱と帯の十手(じって)はお上から預かったものだ」

「では、手先というのは」

「うん、御用聞きとか岡っ引きとかいう連中だ。捕物の役に立つんで、俺たち同心が手札を渡して、わずかな謝金も出してるが、奉行所に出入りはできない。やつら、手先を務めながら他の商売をしてるのも多いぜ」

「さようでございましたか。では、花川戸の富蔵親分も旦那の手先で」

平蔵はいやな顔をする。

「花川戸の富蔵か。違う。俺の手先じゃない。たしか北の田淵信吾っていう定町廻が使っている博奕打ちだ。ここだけの話、博奕打ちはちょいとまずいや。おまえ、富蔵を知ってるのか」

「いえ、あたしは存じませんが、知り合いが花川戸の賭場で負けて、借金取りに家まで押しかけられて弱ったと嘆いておりましたので」

「賭場は寺の本堂や旗本屋敷の中間部屋で開いているが、表向きはご法度だぜ。勝っても負けてもお咎めになることがあるから」

「お咎めになるんですか」

「おまえ、その知り合いには二度と賭場なんかに出入りするなと伝えな」

「はい、ありがとうございます。ですが、お咎めになるような博奕打ちをその北の同心の田淵信吾様でしたっけ、手先に使っていいんですか」

「まあ、いろいろあるのさ。じゃあ、ごちになったな。ありがとよ」

「お忙しいのに、お引き留めいたしまして」

「いいってことよ。そうそう、亀屋」

「はい」

「今度、なんか面白そうな戯作が出たら、教えてくんな」

「かしこまりました。旦那、お好きなんですか」

「ふふ、まあな。じゃ、甚助、邪魔したな」

「へーい」

三

柳原土手に近い小柳町の質屋、津ノ国屋は間口の広い大店であった。

「わあ、こいつは大きな店だなあ」

ふたりの町人が店の前で立ち止まり、様子をうかがっている。どちらも着流しに羽織の商人風だが、大工の半次と小間物屋の徳次郎である。

「半ちゃん、おまえ、質屋は初めてかい」

「うん、徳さん、おまえは」

「あたしも初めてだよ。ほんとに大きいねえ」

「どこの町内にも質屋はあるけど、こんなに大きな質屋は珍しいや」

江戸の町に質屋は多いが、たいてい横町の奥まったところにひっそりとあり、客は周囲に目を配りながら、そっと暖簾をくぐるのだ。暮らしに困っての質屋通い、近所に知られるときまりが悪い。

ところが、ここ津ノ国屋は繁昌していて、客も多く、みんな大っぴらに堂々と入っていく。

「徳さん、ほら、間口は広いけど、質と書かれた暖簾は左端だけで、真ん中は津だし、右端は福の字になってるだろ。暖簾によって、店を分けてるのかな」

「さあ、どうだろうね。津は屋号の津ノ国屋だろうけど、あっちの福はひょっとして、招福講の福じゃないかな」

「違えねえ。ちょいと冷やかしてみるか。徳さん、質草はなんか用意したのか」

徳次郎は懐から櫛を取り出す。

「これだよ。あたしの商売もんだけど」

「お、いい櫛だね」

「鼈甲なら一両はするが、柘植だから店で買うと五百文てとこかな。仕入れ値は四百だけどね」

「ひとつ売れると百の儲けか」

「ところが、あたしはこれを三百で売るのさ」

「そんなことしたら、儲けにならないぜ」

「いいんだよ。女たちから話が聞き出せれば、儲けなくても。毎月大家さんから店賃をいただく身分だからな」

「なるほど、そうやって女の袖の下に入り込むんだな」

「ふふ、半ちゃんはなにか、預けるんじゃねえよ。福の字のほうを冷やかすのさ」

「俺は一両小判、預けるのかい」

「金を溝に捨てるようなもんだよ」

「ほんとだ。一両はちょっと大きいや」

ふたりはそろって真ん中の暖簾をくぐる。

「いらっしゃい」

小僧の声にうなずき、店内を見渡す。質屋にしては、けっこう賑わっている。向かって左の帳場が質屋。右端は七福神の乗る宝船を描いた衝立で仕切られ、中が見えない。真ん中の広い座敷では上がり込んだ客に若い番頭が茶を勧めており、客も奉公人もけっこう若い。

半次が小僧に声をかける。

「小僧さん、このお店、中が広いんで驚いたよ。あっちの帳場が質屋さんだね」

「はい、お客様、質のご用でございますね」

　左の帳場で番頭が客の持参した質草を見ながら応対しており、その近くに風呂敷を携(たずさ)えた順番待ちの客がいる。

「そうなんだがね。小僧さん、あっちの宝船が今人気の招福講かい」

「はい、講はあちらで承りますが」

「ふーん、で、ここの真ん中の広いところが控えの座敷だね」

「あ、お客様方、こちらは初めてですよね」

「そうだけど」

「ちょいとお待ちくださいませ」

　小僧が座敷の若い番頭に耳打ちしている。うなずいた番頭がふたりの前に進み出てにこやかに言う。

「旦那様方、どうぞ、お掛けくださいませ」

　ふたりが長い上がり框に腰を下ろすと、番頭は手をついて頭を下げる。

「ようこそお越しくださいました」

　歳の頃は二十五、六、色の白い優男(やさおとこ)である。

「ああ、番頭さん、お手を煩わせて済まないね」

「いいえ、なにかお求めでしょうか」

「あたしらふたり、見ての通りのお店者だ。同じ店で番頭をしてるんだが、このところ景気がよくなくてね。今日はお店が休みになって、じゃ、どこかで一杯やろうかと出てきたんだが、今江戸で評判の親切な質屋、津ノ国屋さんをちょいと覗いてみようという話になって」

「さようでございますか。お気にかけてくださり、お礼を申し上げます」

「質屋さんというと、困った人が銭を借りに来る暗い店を思い描いてたんだが、こちら、やけに明るいし、見た目もきれいだね。お客さんも働いている人たちもみんな若いじゃないか」

「ありがとう存じます」

「で、あちらが質の帳場で、そっちの衝立の向こうが名高い招福講だとすると、この真ん中の座敷、控えの間にしてはやけに広いと思って、それで小僧さんに聞いたら、おまえさんが来てくれて」

「初めてのお客様でしたら、おわかりになりにくいかもしれませんが、この座敷は質屋でも招福講でもなく、お客様にお気に召した品をお求めいただく場でございます」

半次は首を傾げる。

「お求めいただくって」

「お召し物や道具類などをお買い上げいただくのです。品物はそっちの裏にそろってございます」

小僧が着物や道具類を持って出たり入ったり、客の前に品物を広げている。

「ここは質屋さんだけど、品物も売ってるのかい」

「はい」

「あ、そうか」

半次は膝を叩く。

「その品ってのは、あれだな。つまり質屋の」

「はい、お察し通り、あまり大きな声では申せませんが、お預かりした品のうち、お客様がお請け出しなさらなかったもので」

「質流れの品をここで売ってるんだ」

「お客様の大切な品は蔵に保管しておりますが、そのうちお引き取りのない品が増えてまいりまして、以前は古着屋さんや道具屋さんにお願いしておりましたが、三年前に店を広げましたときに、思いつきまして、この場で売り出すことにいたしました。

古着屋さんや道具屋さんの割前がいらない分、お客様にはお安くご奉仕できますので」

「はーん、よく考えたね。そいつはうまい商売だ。どんな品があるんだい」

「お召し物は男女どちらのものもございます。道具は皿や茶碗などの器、筆や硯、煙草盆に鏡、扇子や刃物、裁縫道具に茶道具、人形に仏具、こちらに持ち込まれるようなものなら、なんでもございますよ」

「仏具まであるの。だけど、ここには品物がなにも並んでいないけど、お客はどうやって選ぶんだい」

「それでしたら、月に二度、引き札を出しております。そこに焼きものの茶碗がお安くなっておりますとか、冬ものの帯が出ましたとか、まあ、おおよその値段も添えましてお知らせいたします。質屋に用はなくとも、引き札の品だけお買い求めのお客様もいらっしゃり、ご要望の品を小僧が奥から持って出て、お見せし、気に入っていただければ、お持ち帰りいただきます」

「驚いたな、どうも。親切で評判の津ノ国屋さん、そこまでやるのかい」

「お客様に喜んでいただけますのなら、なんでも」

「たいしたもんだ。で、おまえさん、長いのかい、ここの勤め」

「実はわたくし、この津ノ国屋が開店してすぐに雇われまして、小僧をしておりました」

「へ、そうなのかい。じゃ、旦那の吉兵衛さんといっしょに始めたわけか」

「お客様、吉兵衛をご存じですか」

「会ったことはないけど、だれでも知ってるよ。親切な質屋の津ノ国屋吉兵衛さんの名は」

「さようでございますか。主の吉兵衛は常に申しております。大切なのは三つの親切だと」

「三つの親切って」

「お客様に親切、奉公人に親切、自分に親切でございます」

「お客に親切はわかるけど、奉公人に親切、自分に親切というのは」

「はい、主は奉公人を粗末にしてはならず、奉公人同士も仲良く気持ちよく働けば、店は必ず繁昌すると申します」

「ははあ、そういえば、みんな楽しそうだな。で、自分に親切とは」

「自分を大切にできないような者は、他人様も大切にできない。だから、お客様に喜んでいただくには、自分も大切にしろということで」

「ふうん、それが商売繁昌のこつか。おまえさんも小僧のときから三つの親切でこつこつとここまできたわけだね。つかぬことを聞くけど、おまえさん、名は」

「はい、大番頭を務めております定七郎と申します」

「え、大番頭なの。まだお若いのに、こんなに繁昌する大店の大番頭とは恐れ入りました」

「御冗談を。ただの古株でございますよ。あ、旦那様方、質の御用でしたら、そろそろ順番が回ってきたようで」

「ああ、ありがとう」

「ではあちらへどうぞ」

ふたりは左手の質の帳場に移動する。こっちの帳場の番頭もまだ若い。

「いらっしゃいませ」

「よろしく頼みますよ」

今まで黙っていた徳次郎が、櫛を取り出す。

「番頭さん、これでいかほど融通してもらえますかな」

「拝見いたします」

帳場の番頭が櫛を手に取る。

「ほう、なかなかよいお品でございますな。まだ髪を一度も梳いていないとお見受けいたします」

「はい、まだだれも使っていない新品です」

「いかほど、ご入用ですかな」

「うーん、自分で決めるんですか」

「相場はだいたいわかりますので、ご要望を伺って、こちらで判断いたします」

「じゃ、三百文、貸してもらえますか」

「お貸しいたしましょう」

番頭は即断で答える。

「いいんですか」

「はい、それならば、ご用立てできる高でございます」

「わたし、質屋さんは初めてなので、勝手がわからない。いろいろと教えていただけますか。期限や利息のことなど」

「承知いたしました。今日、この場で三百文をお貸しして、この品をお預かりいたします。期限は三月(みつき)、今からですと、来年の二月上旬の同じ日までにお返しくださいませ」

「今は十一月だから、二月の同じ日に返せばいいんだね」

「はい、さようでございます」

「例えば、晦日の三十日に借りて、三月後の晦日が二十九日しかないときは」

「はい、質札に返す日付を晦日と記させていただきます」

「そうか。で、利はいかほど」

「わたくしどもでは、どんな品であろうと、利息は二分と決めております。三百文の利息は六文ですから、期日までに三百六文をお返しくだされば、品物はお返しいたします」

「え、たったの六文でいいんですか。それで、そちらの儲けになりますので」

「はい、なにごとも親切第一でございますから」

「たしかにそうだ。そのぐらいの利息ならば、三月以内にお返しできますが、もしも期限が過ぎたら、ご通知いただけるのでしょうか」

「いいえ、お知らせはいたしません。品物はこちらで引き取らせていただき、その代わり、借金ではございませんので、お客様は三百文をお返しくださらなくてけっこうです。その旨は質札に記してございます」

「どうしても三百六文を期日までに用意できないが、流したくないときは待ってもらえるのかな」

「はい、お待ちいたしますが、その場合は期日までにお客様のほうからお越しいただき、質札をお見せくださり、利息の六文だけこちらにいただきますれば、あとひと月お待ち申します」

「六文でひと月、じゃ、また次の期日までに六文持っていくと、もうひと月ですか」

「はい、毎月利息を持ってきていただければ、いつまでもお待ちします。ただし、ご連絡なく利息が滞る場合はこちらで引き取らせていただきます」

「なるほど、わかったよ、番頭さん」

横から半次が言う。

「流したら、あっちで売るんでしょ」

「はあ、ご存じですか」

「うん、さっき大番頭の定七郎さんから伺ったよ。だけど、三百文貸して、流されたら、その櫛、いくらで売るんだい」

聞かれて、番頭は考える。

「さようですなあ。まあ、このお品でしたら、三百お貸ししておりますので、四百五十文で売れれば、百五十の利になります」

「ほう、四百五十文ねえ」

「新品ですし、小間物屋で買うと五百文はするでしょう。それが四百五十なら、お客様に喜んでいただけます」

「さすが目利きだねえ」

「いえいえ、では、質札と三百文をご用意いたします。お待ちの間、こちらにお客様のお名前とお住まいをお書きくださいませ」

「はいよ」

　徳次郎は偽名と適当な地名を書く。

「番頭さん、これ、ほんとかどうか調べなくてもよろしいのですか」

「お客様を信用することが第一、それゆえ親切な質屋と呼ばれております」

「なるほどねえ」

　番頭は質札と三百文を徳次郎に渡す。

「では、お客様、質札はお品お引き取りのときに入用ですので、なくさないようにお願いいたします」

「はい、ありがとう」

「徳さん、金借りるのって、案外簡単なもんだねえ」

「うん、じゃ、半ちゃん、次はおまえの番だ。招福講の申し込み」

「わかったよ。いよいよだな。試しに一両溝に捨ててみようかな」

ふたりが宝船の衝立まで行くと、内側から番頭がすっと現れる。こっちの番頭も若い。津ノ国屋ではどの場所にも若い奉公人しかいないようだ。

「お客様、福を招く招福講の御用でございましょうか」

「うん、実は迷ってるんだよ。入るかどうか。話だけでも聞いてからと思ってね」

「ようございます。さ、どうぞ、こちらへお入りくださいませ」

ふたりは衝立の内側に入る。文机がいくつか並んでいて、すでに向かい合って説明を聞いている客が何人かいるようだが、それぞれ仕切られて様子はわからない。ふたりを迎え入れた番頭がひとつの文机に着き、向かい合わせに敷かれた座布団を勧める。

「お座りください。で、おふたりとも福を招く招福講にお入りになられますか」

「いや、わたしは質屋に用があって来ただけなんだ。つきそいだよ」

「さようでございますか。では、説明いたしますので、ご納得いただければ、おふたりとも入ってくださってけっこうです」

「聞くけど、くじ引きで千両当たるってのはほんとうだね」

「はい、その通りでございます」

「講に入るには一両いると聞いたけど」

「さようでございます。お入りいただく最初の月に一両、翌月から毎月上旬に、一分お納めいただきます」

「くじ引きはいつだね」

「毎年、師走(しわす)の十五日と決まっております」

「じゃ、今日、講に入ったら、来月くじ引きで、当たると千両かい」

「ところが、そうではございません。講に入って一年掛け金をお納めくださった方だけがくじを引けますので。そうですね。今日さっそくお入りいただきますと、来年の師走でございます」

「なんだ。掛け金を一年納めてからでないと、引けないんだね」

「はい。入ってすぐの方に当たれば、公平さに欠けますので、福を招く招福講、みなさま一年以上は掛けていただきませんと」

「それで、講仲間ってのは何人ぐらいいるんだい」

「三年前に万人を超えまして、そのときから当たりを百両から千両にいたしました」

「今じゃ、もっと人数いるだろうな」

「千両になってから、福を招く招福講、どんどん講仲間は増えておりますが、どなたも一年経たないとくじが引けません」

「じゃ、今、講に入って一年後にくじを引く頃には、すごい人数だね」

「そうなりましょうな。福を招きたがっている方は大勢いらっしゃいますから」

「くじ引きはどこでやるんだね」

「この店の真ん中の座敷でございます」

「えっ、ここに何万人も集まって、ひとりひとりくじを引くのかい」

「いいえ、とても、そんな手間のかかる真似はできません。師走になりますと、くじは前もってそれぞれ掛け金をお納めのときに引き換えに引いていただき、十五日に当たりの方に千両をお渡しいたします」

「当たりはどうやって決めるんだ」

「師走十五日の当日に、みなさまの見ている前で、うちの主がくじを突き当てます」

「どうやって」

「お寺や神社の富くじと同じように、木札の入った箱の中に錐を突き刺し、数の書かれた札を当てます」

「講仲間は万人だろ。とてつもなく大きな箱の中に何万もの木の札が入ってるのか」

「いえいえ、講仲間が少なく、当たりが十両のときはそれでもよかったのですが、今は桁ごとに一、十、百、千、万と箱を分けまして、ひと箱ずつ突いていきます」

「ほう、考えたね。だけど、万人にひとりしか当たらないんじゃ、そうは簡単じゃないね」

「どなたかおひとりには当たるわけでして、福の神に味方されたよほど運のおよろしい方でしょうな」

「当たりもしないのに毎月掛け金か。諦めて途中で講を抜ける人もいるんだろ」

「残念ながら、いらっしゃいます。福を招く招福講はお金が当たらなくても、入っているだけで福を招くんですがね」

「ほんとかい。ちょいと小耳に挟んだんだが、抜けるについちゃ、いくらか入用とか」

「いろいろと手続きがございますので、途中で掛け金をお納めいただかなくなった方にはこちらから、お知らせいたしまして、お辞めになるのなら、一両、お納めいただくことになっております」

「入るときに一両、出るときにも一両いるわけか」

「さようでございますが、当たると千両ですので。それに毎月一分お納めになられる方は、さほど暮らしに困っていらっしゃるとも思えません。それで入られる前に、お辞めになるときに一両いただくことはお伝えいたしております」

「後の喧嘩を先にするってやつだな。でも、行方がわからなくなったら、取れないじゃないか」

「はい、そういうお方は福に見放されたお方ですから、追いかけるわけにもまいりません。ですが、お辞めになりたいのなら、ひとつ手立てがございまして」

「というと」

「講仲間になられた方が、お仲間をお誘いくださった場合、功労金として一分金を差し上げております」

「へえ、人を誘ったら一分貰えるの」

「四人の方をお誘いいただければ一両になります」

「そうなるね」

「どうしてもご事情があって、仲間を抜けたい方は四人お誘いくだされば一両ですから、それをお納めいただければ、すんなりと抜けていただけます」

半次は感心する。

「いろいろと考えているんだなあ」

「いかがなさいます。福を招く招福講、今すぐお入りいただけますなら、手続きいたしますが」

「少し考えさせてもらおうかな。こいつがね、さっき質屋のほうで三百文借りたんで、これから一杯やろうって話になっててね。俺も割前出さなきゃならないから、ここで今すぐ一両ってわけにはいかないんだ」

「さようでございますか」

「手間とらせて悪かったけど」

「いいえ、ぜひまたお越しくださいませ。福を招く招福講、お待ちしておりますので」

四

「みんな、ご苦労さん。この前、井筒屋さんからいただいた灘の酒がまだ残っているんでね。今日はなんにもないが、漬物で一杯やっとくれ」

あれから数日経ったので、勘兵衛は亀屋の二階に店子たちを集めた。

「大家さん、あの灘の酒、まだ残ってたんですか」

「うん、大きな樽でいただいたんだから。それにわたしはひとりでは飲まないし、久助は下戸だし」

言われて、久助は首筋を撫でる。

「どうぞ、みなさん、ご遠慮なく」

「じゃ、遠慮しませんよ。今日は最後まできれいにいただきます」

「無理はしなくていいよ」

「半ちゃんは無理なんてしません。笊だからな」

「笊で悪かったな」

「飲みながらでいいから、あれからいくつかわかったことがあれば、出し合おうじゃないか。今後の方針も思案したいので、みんな、あんまり酔っちゃ駄目だよ」

「あの、大家さん」

熊吉が大きな体で小さな声を出す。

「なんだい、熊さん」

「あたし、居職でほとんど外へ出ないし、たまに湯屋に行っても、人と話すこともないし、いつも全然ネタが集められなくて、ほんとに申し訳ありません」

「なにを言ってるんだよ。いざというとき、おまえさんはとてつもなく役に立つんだから、無理することはない」

「そうよ、熊さん」

　お梅が言う。

「あたしもお産がないときは、ずっとうちにいるだけ。だれでも得手不得手があるけど、得手があるだけでいいじゃない」

「さすが年の功、いつもいいこと言いますね、お梅さん」

　半次が感心する。

「まあ、みんな、そういうことだね。それに、じっとしてたって、向こうから耳寄りな話が舞い込んでくることもある。わたしはいつも、おまえさんたちが集めてきてくれた噂を聞くばかりだけど、ちょっといい話を耳にしたんだ」

「え、大家さん、ほんとですか」

「うん、じゃ、今日はわたしの仕入れたネタから話そう」

　一同の目が勘兵衛に集中する。

「大家をやってると、町役の仕事で自身番に詰める順番が回ってくる。この前、定番の爺さんと世間話をしてたら、ちょいと驚いた。番人になる前、一文菓子屋をやってたそうだが、十年前におかみさんに死なれて、そのときちょうど講に当たって、店を閉めたという話。それが津ノ国屋の講らしい」

「へえ、招福講に当たったのに自身番の番人してるんですか」

「いや、その頃はまだ招福講じゃなく、近所の連中だけのお助け講といって、当たりは十両だったそうだ」

「たった十両ですか。しけた講だな」

「爺さんが言うには、その頃の津ノ国屋吉兵衛は親切を絵に描いたような善人で、質屋も困っている人のために始めたし、お助け講はみんなで金を出し合って商売がうまくいかない人を助けるからお助け講といったそうだよ」

「十年前はそうでも、今では、多くの人から金を巻き上げる汚い商売してるんですね」

「爺さんが言うには、あれだけ多くの人に親切にした報いが返ってきて、金持ちになったので、まさに情けは人のためならずそのままだと」

「実はあっしと徳さんで小柳町の津ノ国屋を覗いてきたんです」

「ほう、半さんと徳さんでかい」

「はい、質屋っていうのは暗いじめじめした店かと思ったら、これが明るくて広くてきれいな店で、おまけに引き札まで配って質流れの品を安く売ってるんですよ。これがまた、人気があるみたいでして」

「それは知らなかったな」

「あんまり暮らしに困ったようなしみったれた客はいなくて、奉公人もみんな若いし、客あしらいも丁寧（ていねい）です。大番頭がまた若くて、店の繁昌は主人の吉兵衛が唱（とな）える三つの親切のおかげだと」

「三つの親切」

「お客様に親切、奉公人に親切、自分に親切。これで店が繁昌すると」

「あたしは柘植の櫛を質入れしましたが、番頭はちゃんと値打ちのわかった目利きで、利は安く、返済の期限前に利息だけ持っていけば、流さずに待ってくれるとのことで、まさに親切な質屋です」

「ところが、招福講のほうは、まったく駄目ですね。よくまあ、あんなものに引っ掛かりますよ。あっしは試しに入ろうかとも思ってたんですが、話を聞いて止（よ）しました。番頭がなにかというと福を招く招福講って、お題目のように唱えるんでうんざりしました。あれは三つの親切のうちの自分に親切、つまり、主人吉兵衛が自分だけが儲かるように仕組んだ自分への親切です」

「あたしが見たところ、小僧も番頭も奉公人はみんな感じがよくて、お客様に親切なので、上手に勧められて招福講に入る人もいるんじゃないでしょうか。騙してやろうというような下心は感じられませんでした。まあ、悪くいえば陰富みたいなもんですが、寺社の富くじに金を出す人たちは当たっても当たらなくても、福を招く夢を買うわけで、世の中、半ちゃんみたいなすれっからしばかりとは限りませんから」

「すれっからしで悪かったね。あんな説明で一両も出すほうがどうかしてるよ。しかも毎月一分、一年間はくじも引けず、どっかの馬の骨が千両貰ってほくほくするのを指をくわえて眺めてるだけ。馬鹿馬鹿しくて、一両は引っ込めました」

「なるほど、半さんも徳さんもありがとう。店の様子がよくわかったよ。津ノ国屋が奉行所に訴えられないのは、よほどお客に親切なんだろうね」

「自分に親切ってのだけは、気に入りませんけどね」

「ま、津ノ国屋については、もっと尻尾が出ないか探ってみよう。それからもうひとつ、わたしが番屋に詰めていると、町方の定町廻の旦那、井上さんが立ち寄られてね。茶を勧めながら、それとなく富蔵のことを聞いてみたんだ。評判の悪い博徒だけど、これを手先に使っているのが北町奉行所の定町廻同心、田淵信吾という旦那らしい。そこで、弥太さんにお願いして、田淵信吾について探ってもらった。弥太さん、なにかわかったかい」

弥太郎が頭を軽く下げる。

「まだ、詳しくはわかりませんが、田淵って同心は八丁堀の組屋敷に住んでおり、歳は四十そこそこ、若い頃に武芸の腕を買われて田淵家の養子になったそうです」

「剣術ができるのかい」

「かつて町道場で鳴らしたというのが自慢だそうで、遠くから見た感じでは、体格もよくて、できるんじゃないでしょうか。聞くところによると、一度、盗人を追い詰めて、捕縛せずに叩き斬ったことがあるそうで、町方の同心が簡単に斬ったりしちゃいけないんですが、その腕を奉行の柳田河内守に気に入られて、お咎めもなかったようなんです」

「奉行が買っているのか」

「はい、ちょうど河内守が所用で出かけるとき、お供でくっついておりました。まるで用心棒ですね」

「ふうん。で、田淵と富蔵とはどういう」

「花川戸の賭場は寺でもなく中間部屋でもなく、富蔵の家のすぐ脇の仕舞屋で、月に三度だけ五のつく日に御開帳です。ご法度の博奕を仕舞屋で開いて町方に踏み込まれないのは、富蔵が十手持ちであり、手札を渡しているのが同心の田淵だからでしょうか。田淵は腕が立ち、しかも奉行に気に入られています。他の同心たちは遠慮していると思われます」

「ははあ、武術ができて奉行の腰巾着らしい田淵、富蔵はその手先なので、北の同心は手を出さない。南も遠慮してるのかな」

「さあ、そこまではわかりませんが、南も北も同じ八丁堀に屋敷があり、定町廻と臨時廻、南北合わせて二十四人で市中見廻りの持ち場を取り締まっているのなら、みんな顔見知りの身内みたいなところもあるでしょう。富蔵が津ノ国屋から請け負って、高利貸しの取り立てをしているのはほんとうです。賭場は月に三日だけだから、あとは仕舞屋に寝起きしている子分たちが地元で睨みをきかせたり、借金取りとして動き回っております」

「津ノ国屋と柳田河内守とのつながりがわかればいいんだがね」

「承知しました。もう少し調べてみます」

「大家さん、よろしいでしょうか」

「お京さん、なにかわかったかい」

お京が盃の酒をぐっと飲み干す。

「上方のお酒はやっぱりおいしいですね。あたし、津ノ国屋じゃなくて、酒屋の相模屋のことで少しわかったことがありまして」

「ほう、相模屋のことで」

「ええ、どうして相模屋が潰れたのか。徳さんが近所の女中さんから聞いた噂話、玄信先生が瓦版屋さんから仕入れた話。どちらも、間違いはないと思います。それで、相模屋の主人、与右衛門さんが吉原でどんなにお金を遣っていたか、そのあたりのことをちょっと調べてきました」

「ほう、お京さん、吉原か。あそこは遊女が二千人とか三千人もいて、女の出入りには厳しいところと聞くが、得意の技で潜(もぐ)り込んだかい」

お京は女髪結を表の稼業にしているが、どんな身分や職種の女にもなりすまし、どんな場所にも忍び込む神出鬼没の忍びである。

「いいえ、廓の中には入っておりません。吉原の茶屋に芸者さんを送り込む置屋が浅草田町(たまち)にありまして、ねえさん方の髪を結いに行ったついでにいろいろと噂を仕込んできました。おいしいお酒を扱っていた鍋町の相模屋さんが潰れたでしょうとの誘い水で、与右衛門さんの話がぱあっと盛り上がりまして」

「相模屋与右衛門は吉原で名を売っていたそうだが」

「はい、上等の下り酒を扱う相模屋は江戸でも一、二を争う大きな酒屋。先代が吉原の茶屋と持ちつ持たれつ、おかげで三代目の与右衛門さんは若旦那の頃から吉原で派手に遊んで、お金をばらまき、浮名を流していたとのこと」

玄信がうなずく。

「その通りです。紅屋もそう申しておりました」

「若旦那の頃は、あっちへふらふら、こっちへふらふらと店を替え、相手を替えての浮気遊び。色を売る吉原でも浮気は嫌われますが、なにしろお金があるんで、どこへ行ってもちやほやされる。七年前に相模屋の当主となり、しばらくは仕事に打ち込んでいたのか、吉原から遠ざかっておりましたが、またぞろ吉原通いが始まり、あっちこっちでお金を湯水のように遣って、ちょうど三年前、京町一丁目の松実屋の売れっ子、淡雪花魁といい仲になり、ぞっこんとなりました」

お京の話に勘兵衛は身を乗り出す。

「ほう、淡雪、いい名だ。どんな花魁だね」

「あたしは見たことありませんが、ねえさん方の話では、色白なので淡雪とか。ほっそりして背は高からず低からず、気性はおとなしくて物識りで話上手、ひょっとしてお武家の出じゃないかと噂されています。十年前の飢饉で近郷の農家から売られてくる子が多かったんですが、たまに貧しい御家人や浪人の娘さんが苦界に身を沈めることもあるそうで」

「なるほど、相模屋与右衛門が、ぴたっと浮気遊びをやめて、淡雪一筋になったんだね」

「そうなんですよ、大家さん。もうどこの店にも足を向けず、ひたすら松実屋に居続けて、淡雪さんと過ごします」

「そんなことしてたら、金がいくらあっても足りないね。それで店が潰れたのかな」

「いいえ、ねえさん方の話はちょっと違います。江戸で一、二を争う相模屋、ちょっとやそっとの小判をばらまいてもびくともしません。が、相思相愛と思っても、淡雪花魁は色を売るのが商売、売れっ子ですから客がつけば、どんな相手でも大事にします。遊女が次々と何人も相手にするのは仕事で、浮気になりませんから」

勘兵衛は肩を落とす。

「そりゃそうだな。いやな仕事だ」

「思いつめた相模屋与右衛門が淡雪花魁を独り占めしたくなり、去年の秋に身請けする話になりました。花魁を抱えている松実屋の方で五千両なら承知とのこと」

「へええ」

一同は驚く。

「途方もないね。遊女の身請けに五千両とは」

「大店の相模屋にとって、五千両ぐらいならいつでも用意できる。ところがここに横槍が入ります。相模屋が五千両出すなら、こっちは一万両で身請けしたいと」

「うわああ、一万両だってぇ」

一同はさらに驚く。

「おわかりでしょうか。だれの横槍か」

「読めてきましたぞ。今江戸で一番の分限者、津ノ国屋吉兵衛ですな。いくらなんでも、遊女の身請けに一万両も出すような物好きは他に考えられない」

「玄信先生、ご明察です」

「じゃ、相模屋与右衛門、負けずに張り合ったのか」

「いくらお金持ちの相模屋でも、花魁の身請けに一万両は出せません。お金はあるでしょうけど、周囲が許しませんよ。おかみさんもお子さんもいるくせに、そんな大金、色里の女に遣うなんて」

「そうだな。相模屋には喜兵衛という堅物の番頭もいたからね。じゃ、淡雪花魁は津ノ国屋の囲われ者になったんだね」

「ところが、そうじゃないんです。これにはもうひとつ裏がありまして」

「えっ」

「吉原雀のねえさんたち、なんでもかんでもさえずりますねえ。津ノ国屋は毎回派手に遊びましたが、淡雪さんとは馴染みじゃなかったんです」

「なら、なんで身請けなんか。相模屋への嫌がらせか」

「ここ三年ほど前から、津ノ国屋はときどき松実屋でふたりのお侍をもてなし、散財していたとか。ひとりは身分の高そうなお方で、津ノ国屋はお殿様と呼んでいました」

「お殿様というと、お大名か。名前は」

「お忍びですから、身分も名前もわかりません。吉原はお武家も接待でけっこう遊ばれますが、大っぴらに名前が出ると差し障りがある、というのでたいてい身分の高い方々はお忍びです」

「もうひとりの侍もお殿様かな」

「いえ、こっちは家来らしくて、お殿様にもぺこぺこし、お金を出す津ノ国屋にも下手に出て、三人でそれぞれ馴染みの花魁を呼んで遊ぶんですが、お殿様の相手がいつも淡雪さんだったんですよ」

「ということは」

「津ノ国屋がお殿様のために一万両で淡雪さんを身請けしたのではないかと、ねえさんたちはもっぱら、そんな噂でした」

「落籍(ひか)された淡雪花魁は、今、どこで囲われているかわかるかい」

「風の噂では根岸(ねぎし)の里あたり。津ノ国屋の寮でもあるんじゃないかしら」

「そのお殿様の正体はだれかな」

「津ノ国屋の饗応を受けるお殿様、いつも早い時刻に遊ばれて、泊まらずにお帰りとのこと。あたし、思うんですけど、今までのみなさんのお話から推量すると、お殿様は大名とは限りません。旗本だってお殿様。お役に就いてる旗本は夜遊びや外泊はできないでしょう。ということはこのお殿様、津ノ国屋を依怙贔屓(えこひいき)して馬鹿に持ち上げるお旗本、北町奉行柳田河内守ではないかしら」

大きくうなずく勘兵衛。

「見事だよ、お京さん。悪をただすべき町奉行が、女をあてがわれて骨抜きになり、招福講の不正も、博徒による高利貸しの取り立ても、見て見ぬふりして、津ノ国屋を称賛している。今月は南の月番で、北のお奉行様は少々閑だろうから、囲ってある女のところへ足繁く通うに違いない。吉原でいっしょに遊んでいた家来の侍、こいつはひょっとして田淵信吾かもしれん。弥太さん、北町奉行の動き、調べてくれないか」

「はい、張り付いてみます」

「それから大家さん、もうひとつ、置屋のねえさんたちが気にしてる相模屋の噂がありまして」

「ほう」

「去年の秋に身請けしようとしていた淡雪花魁を横合いから鳶にさらわれた相模屋、相当に津ノ国屋を恨んでいたという噂です」

「そうだろうなあ」

　お京がさらに相模屋与右衛門の行方知れずについて語る。

「あたし、先日からのみなさんのお話を聞いていたら、相模屋の番頭をだまして借金を作らせ店を潰したのがどうやら津ノ国屋の仕業らしいでしょ。すると、手先になって汚い仕事をしたのが花川戸の富蔵。淡雪さんを囲っているのが町奉行だと知ったら、相模屋与右衛門はこれを表沙汰にするかもしれない。印形を無断で使われ番頭に店の金を横領された件で北町奉行所に訴え出たのに取り上げられず、身代をなくして行方知れず。ほんとに行方知れずかしら。もうこの世にいないのでは」

「お京さん、ありがとう。よく調べてくれた。与右衛門がこの世にいないとすれば、富蔵一家が手荒い仕事をしたわけだな。親切を絵に描いたような善人面の津ノ国屋吉兵衛、質屋がたいして儲からなくても、招福講で何十万両も儲けている。だから、世間がいくら不景気でも、身請けの一万両なんて、なんともないんだ。さらに悪どい高利貸しで、津ノ国屋の蔵には質草とともに小判が唸っているだろう。金に物を言わせて、したい放題。これをなんとかしなければ、世直しにはならないな」

「弥太さんがお奉行に張り付くんだったら、あたし、津ノ国屋に狙いを定めます」

「頼んだよ、お京さん。みんなももうひと頑張りだ」

「卒爾(そつじ)ながら」

ずっと無言だった左内がみんなを見渡す。

「面白くなってきましたな。拙者、思いついたのですが、花川戸の賭場に潜り込んでみようかと」

「左内さん、どうやって」

「賭場でわざと負けて、この腕を用心棒として売り込むのはどうかなと」

勘兵衛がうなずく。

「そりゃ、いい考えですね」

「弥太郎殿、賭場への入り方をご教授願えませんかな」

「承知しました。御開帳は五のつく日、というと明日が五日で、開きます。じゃ、あたしがさっそくご案内しましょう。一見じゃ、入れませんからね。あたし、こう見えて、あっちこっちの賭場には顔がききますので」

「かたじけない。うまく内側に入り込んで、富蔵と津ノ国屋のつながりを探索いたそうと存ずる。相模屋与右衛門の行方も判明するかもしれぬ」

第四章　景気回復

一

津ノ国屋吉兵衛というのは、善人なのか、悪党なのか、どうもはっきりしない。昼食のあと、番頭の久助に店を任せて、勘兵衛は二階の文机の前で考え込む。

小柳町の質屋が世の中の困った人たちを助けているのは事実である。また、招福講は多くの人々から金を吸い上げてはいるが、騙(かた)りではなく、講仲間に入る人たちに嘘はついていない。福を招かないのに招福講というのだけは怪しいが。

一両払って仲間に入り、月々一分の掛け金を払い、一年以上掛け金を払った者がくじを引くが、年に一度たったひとりにしか千両は当たらない。途中で抜けるときに一両が必要で、さらに人を誘い込めば一分金が貰える。丁寧(ていねい)に説明されているので、仲間に入る者は承知の上。だから訴える者はいないのだ。入れ込んだ挙句、働く意欲をなくし、酒や賭博に溺れる者はいても。

　番屋の甚助老人が言っていた。寺社の富くじに大金を投じたのに当たらなかったからといって、寺や神社を訴える者はいない。徳次郎も言っていた。富くじを買う人は夢を買うのだと。その通りだが、寺でも神社でもないのに富くじを勝手に行えば、もぐりの違法な陰富として罰せられる。陰富の疑いのある招福講が罰せられないのは、取り締まる側の町奉行が手をつけないからだ。

　商人が上手に商才を発揮して成功しても責められない。井筒屋作左衛門は小さな貸本屋から始めて、地本問屋の大店になったが、売れる本を作り、喜んでくれる人が多ければ多いほど本屋は儲かると言っていた。相模屋が江戸で一、二を争う大きな酒屋になったのは上方の銘酒を江戸で巧みに売りさばき、大勢の酒好きを喜ばせたからだ。

　だが、津ノ国屋はどうであろうか。親切な質屋をありがたがる客は多い。質流れの品を安く売る新種の商法も客を喜ばせるだろう。が、そんなものではたいした稼ぎにはならない。親切の人気に騙されて招福講へ引きずり込まれた客たち。その中で喜ぶのは年に一度のくじ引きで大金をせしめるひとりだけ、何万という客が金を溝に捨てながら、抜け出せずに苦しんでいる。しかも闇の高利貸しで博徒に取り立てを請け負わせており、これもまた多くの人々を借金地獄に追い込んでいる。

　さて、この善人面した悪党をどうやって追い詰めるべきか。

　左内はここ数日、長屋に帰ってこない。弥太郎の話では、うまい具合に花川戸の富蔵に用心棒として雇われたようである。弥太郎に連れられ、花川戸の賭場で金一両を駒札に替えて、丁半博奕で最初は少しだけ勝ったがあとは負け続け、すっからかんになったところで、胴元の富蔵に腕を売り込んだ。なけなしの金を全部なくして、この先、帰るねぐらもなく、飯も食えない。用心棒で雇ってくれないかと、脇差で紙吹雪の芸を見せたら、すんなり受け入れられて、今は子分たちと仕舞屋に寝起きしているとのこと。左内なら心配いらない。富蔵の悪事をいろいろ仕入れてくれるだろう。

　待てば海路のなんとかで、お京が浅草田町の芸者置屋で聞き込んだ花魁身請けの一件も弥太郎の追跡で裏付けが取れた。

　一昨日の午後、七つ過ぎに役宅の北町奉行所から柳田河内守が供も連れずにこっそりと外へ出た。往来はまだ明るい。河内守が辻駕籠を拾って向かう先は根岸の里。一軒の家の戸口に立ち、呼びかけると中から老婆が顔を出し、河内守を招き入れる。津ノ国屋が根岸あたりに身請けした花魁を囲っているらしいとのこと。ならばここがおそらく妾宅で、出てきた老婆は花魁を世話する女中であろう。

弥太郎は辛抱強く見張りを続けた。五つの鐘が鳴る頃、一挺の辻駕籠が入口に停まり、姿を現したのが夜目にもわかる北町奉行所同心の田淵信吾である。しばらくして河内守が妾宅を出て、その駕籠に乗り、田淵が横について妾宅を去る。弥太郎が後をつけると、駕籠は呉服橋で河内守を下ろす。役宅に向かう河内守に頭を下げ、田淵は八丁堀方面へと帰る。

昨日、弥太郎は目星をつけた根岸の家を探った。近所の聞き込みでは、お雪という若い女が昨年の秋から年老いた女中と住んでいるとのこと。常磐津の師匠との触れ込みだが、ときどき旦那が通ってくるので、弟子など見かけたことがなく、どうせお妾さんだろうとの噂。女の名がお雪、吉原から津ノ国屋に身請けされた淡雪花魁の本名に違いない。妾宅は津ノ国屋が用意し、妾と女中への手当も払っているだろうが、通ってくるのは町奉行柳田河内守である。

お京のおかげでひとつ尻尾がつかめたようだ。

「ちょいと、大家さん。風邪ひきますよ」

「あ、お京さん。陽気がいいので、ついうとうとしたようだ」

文机にうつぶせたまま居眠りしていた勘兵衛はあわてて目を覚ます。いつの間にか、横でお京が覗き込んでいた。

「冬場にうたた寝は体に毒ですよ。あら、火鉢も消えてますよ」

「いいんだよ。昼間は火の気がなくて平気なんだ。お京さん、いつも思うけど、まったく足音がしないね。いつからいたんだい」

「少し前から。大家さん、よく寝てるんですもの」

「この頃、ひとりで考え事をしてると、眠気に襲われることがよくあるんだ。歳かねえ」

「まだまだ、お若いですよ」

勘兵衛は笑う。

「はは、この間も甚助爺さんに若いって言われたな。爺さんに言われてもうれしくないけど、若いお京さんに言われると、ちょっとうれしくなるよ。それはそうと、お京さん、今朝は長屋にいなかったね。朝帰りかい」

「はい。ふふ、津ノ国屋に張り付いてたら、帰れなくなっちゃいました」

「ふうん。そうだ、お京さん。こないだの淡雪花魁の身請けの話、弥太さんが一昨日、奉行のあとをつけたら、夕方に根岸の家に入っていって、一刻ほどいたそうだ。昨日、その家を探ったら、去年の秋から常磐津の師匠のお雪って若い女が住んでいることがわかった。つまり」

「そのお雪って人が淡雪さんですね。色が白くて淡雪かと思ってたら、本名をもじってたのか」

「うん、金を出して囲っているのは津ノ国屋だが、通う旦那は北町奉行河内守様という寸法さ。お京さんが浅草田町の置屋で聞き込んでくれたおかげで、奉行と津ノ国屋のつながりがはっきりしたよ」

「よかった。実はゆうべ、もうひとつ新しい動きをつかみました」

「いやあ、たいしたもんだ。聞かせてもらおうか」

「津ノ国屋吉兵衛は店の奥でずっと金勘定ばかりしてるんですが、昨日の夜はひとりで出かけました。行先は柳橋の料理茶屋、値段が高く敷居も高い茜屋という店です。だれかに会うに違いないと思い、あたし、潜り込みました」

「床下から」

「違います。二階の窓からそっと中へ入りました。今はどこの茶屋も景気が悪いようで、茜屋も夜なのにがらんとして、吉兵衛が入った座敷は二階で、すぐにわかったから、あたし、隣の空き部屋にこっそりと身を忍ばせました」

「ふうん」

「最初は吉兵衛ひとり、手酌でやっていて、やがて入ってきた客を吉兵衛は大喜びで迎え入れます。よほどお待ちかねだった様子」

「まさか、逢引きの相手じゃなかろうね」

「違いますよう。茜屋は上品なお店ですから、そんな出合い茶屋のような真似はできません」

「そういうもんかね」

「隙間から覗いて、あたし、驚きました」

「だれだったんだ」

「和泉屋長兵衛」

「あ、和泉屋長兵衛というと、聞いたことあるな」

「日本橋本町の両替商、発句つくよみ会の宗匠もしてます」

「ああ、そうだった。前の一件でもかかわりがあったな。江戸で一番の両替屋だ。それが津ノ国屋とこっそり会うとは、金持ちふたりでなにかの悪巧みだろうか」

「和泉屋は五十そこそこで貫禄があります。津ノ国屋は長兵衛を上座に据え、お初にお目にかかります。ようこそお越しくださいましたと丁重に挨拶しましたので、ふたりはどうやら初対面と思われます。和泉屋も、お招きにあずかりましてと頭を下げました」

「つまり、津ノ国屋が和泉屋を茶屋に招いたわけだね」

「そこへ酒や料理が運ばれまして、女中を遠ざけて、ふたりは飲みながら語り合います。親切な質屋は評判ですねと、和泉屋は津ノ国屋を褒めます。町奉行の柳田河内守様がたいそう肩入れしておられますな。今回も河内守様の口利きでお目にかかれたと」

「津ノ国屋に和泉屋を引き合わせたのは河内守の仲立ちか」

「そうらしゅうございます。格式の高い和泉屋には、だれもすんなり近づいたりできませんから。で、津ノ国屋は和泉屋を褒め、和泉屋さんのような立派な両替商になるには、どのような天分がいるのかと、おだてながら尋ねます。かいつまんで申しますと、自分もなんとかして両替仲間に加わりたい。そこで両替商の頭株である和泉屋になにとぞご助力お願いしたいと頭を下げました」

「津ノ国屋が両替商になりたいと。で、和泉屋はなんと」

「そう簡単に色よい返事はできない。不景気で質屋は繁昌だろうが、親切を売り物にして利は安かろう。さほど儲かっているとも思えないと」

「さすがに両替屋だな。わかってるじゃないか」

「津ノ国屋が言うには、質屋の利はたいしたことございませんが、別口で富を築きましたと」

「別口とは」

「和泉屋が尋ねると、例の招福講でございますと。ここで和泉屋は驚くんです。あの名高い招福講を開いていたのは津ノ国屋さんでしたかと」

「そりゃ、わざとらしいね。そんなことぐらい、両替屋でなくても知ってるはずだ」

「腹の探り合いでしょうか。で、和泉屋が言うには、両替商を開くにはちょっとやそっとの身代では無理だが、招福講でどのくらい貯まりましたかと」

「へええ。単刀直入だね」

「そこで津ノ国屋、胸を張って、百万両と申します。これにはあたし、驚きました。ほんとか嘘か、そんなに貯めてるのかしら」

「まるで加賀百万石だな。和泉屋も驚いたのか」

「いいえ、全然。百万両、そのぐらいあれば、両替商はなんとか開けるだろうが、自分ひとりの一存で仲立ちするわけにはいかない。金がたくさんあるから両替商ができるわけでもない。お上の財政を左右する大切な役割を担う職種である。まず信用が第一で、それには幕閣の後押しがなくてはならない」

「その通りだ」

「津ノ国屋は、町奉行の柳田河内守様が後押ししてくださると言います。が、和泉屋は首を縦に振りません。いくら権威があっても町奉行様ではお役目違いで、後押しにはならない。公儀御用達本両替商の認可はご老中のお役目、まずは勘定奉行畠山安房守様のご推挙がなければ並の両替商にさえなれないと」

「河内守ではだめなんだな」

「そこで津ノ国屋は畳に額をすりつけんばかりに和泉屋に言います。どうか、畠山安房守様にお引き合わせください。和泉屋は軽くうなずき、お忙しい方だから、すぐにいい返事はできないが、考えておくと。そして、今日は馳走になった。お互い多忙な身なので、これにて失礼すると」

「なんか、脈がなさそうだね」

「そこで津ノ国屋は和泉屋にすり寄り、袖の下を渡しました」

「なにを渡したんだ。大金持ちの和泉屋、他の連中と違って、金で心を動かさないだろう」

「はい、津ノ国屋が渡した包みを開いて、和泉屋はびっくり仰天」

「なにが包んであったんだね」

「黄金の大判。和泉屋はそれを見て、おお、これは天正大判ではないか。どうされました、こんな貴重なものをと尋ねます。津ノ国屋は平然として、質屋をしておりますと、様々な質草が回ってきます。うちの蔵には大判、小判で百万両など造作なく、延べ金、宝玉、金目のものがいろいろございます。勘定奉行様、また両替商仲間の皆様への進物にも事欠きませんと」

「大きく出たな」

「それで和泉屋は、少し考え直したのか、まあ、色よい返事はしばらくお待ちくださいと言って帰りました」

「その大判とやらを貰って、少しは見直したかな」

「さあ、どうでしょうね。長兵衛さんも相当にしたたかな古狸ですから」

「それはご苦労さんだった」

「まだ続きがあるんですよ」

「ほう」

「津ノ国屋吉兵衛は和泉屋が帰ったあとも、ずっと飲んでるんです。話はあらかた聞いたんで、あたし、引き上げようとしましたら、そこへひとりの若い男がやってきまして」

「吉兵衛に会いにかね」

「はい。おお、定七郎、よく来てくれたと、吉兵衛が言いましたので、ぴんときました。若い男は津ノ国屋の大番頭の定七郎です。店ではなく、どうして柳橋の茶屋で会うんだろう。なにか、内密の話でもするんじゃないかと思い、あたし、今度は天井裏（てんじょう）に移りました」

「え、隣の座敷から天井裏に。どうやって」

「さっと欄間（らんま）に跳び上がって。音もたてずに天井板をはずし」

勘兵衛は想像して笑う。

「お京さん、いろんな技があるんだね」

「忍びでございますから」

「それで、吉兵衛と定七郎、どんな話を。まさか、男同士の逢引き、ふたりは衆道（しゅどう）の気（け）があるわけじゃ。あ、茜屋は上品な茶屋だったな」

「質屋の津ノ国屋は主人吉兵衛と小僧だった定七郎がふたりで開いた店。金ができて吉兵衛は吉原で遊んでも、女房も子もいない。定七郎は若くてなかなかいい男。ひょっとして男同士で、とはあたしもちらっと頭をかすめましたが、どうもそっちの気はないようで、飲みながら金儲けの話しかしません。色恋よりもよほどお金が好きなようです」

「なるほど、ふたりで一から店を大きくしたわけだ。歳は離れているが、仕事と金儲けで結ばれた男の絆だな」

「その通りです。天井裏で聞いてましたら、和泉屋さんの手ごたえはどうでしたかと定七郎が問います。吉兵衛が和泉屋と会って両替商の話を進めていることは承知の上らしゅうございます。大判は気に入ってもらったので、近いうちに勘定奉行に会えれば、そっちの進物もなにか考えて便宜を図ってもらう。両替屋を開いたら、小柳町の質屋はそっくりおまえに譲って、鍋町の大通りの相模屋のあとに両替商津ノ国屋を開店する。津ノ国屋がこれだけ大きな質屋になれたのは、おまえのおかげだから、ふたつの津ノ国屋で持ちつ持たれつ上手に世渡りしようと吉兵衛が言います」

「ふたりで力を合わせて商売を大きくしたわけだから、質屋は定七郎に譲るんだな。津ノ国屋が二軒か」

「旦那は人当たりがよくてみんなに好かれるから、質屋が繁昌して店が大きくなりましたと定七郎が言うと、吉兵衛はおまえの働きも大きいと言います。ふたりの話を聞いていると、どうやら、定七郎は若いに似ず相当の切れ者で、元々親切だけでお人よしの吉兵衛にいろいろと工夫を授けたらしいんです」

「工夫って、どんな」

「吉兵衛は困ってる人のために質屋を開きましたが、次は困ってる人のためにお助け講も始めました。最初のうちは年に一度、一番困ってる人に集めた中から十両を渡してたんですが、だれも困っていない。そこで定七郎が富くじを真似てくじ引きにしたらどうかと持ちかけて、これが当たって評判になり、講仲間がどんどん増えて、そこで百両にして名を招福講に変え、一年以上掛け金を納めた者だけがくじを引けるとか、やめるときに一両とか、いろいろと工夫して、三年前から千両にしたのも全部、定七郎の考えだと」

「じゃあ、なにかい。お助け講を招福講に変えたのは定七郎なんだね」

「はい、それで吉兵衛が両替商になって、定七郎が質屋を継いだ場合、招福講はどうするかをふたりで話してるんです。これは店の者に聞かれてはまずいので、茶屋での話し合いになったんだと思うのですが」

「人気の招福講、どうする気だい」

「吉兵衛はあっさりやめるよと言い切りました」

「えっ、やめるのか」

「たくさん稼がせてもらったが、仲間が何万人にもなったんで、もう頭打ちだと。定七郎もここらが潮時だとうなずきますが、そう簡単にはやめられないと言います。両替商になって打ち切ったとなると、今までずっと掛け金を払いながら一度もくじに当たらなかった何万人もが店に押しかけて金を返せと迫るはずだと」

「うん、世知辛い不景気の世の中だから、そうなるかもしれないな」

「そこでまた、定七郎がいい考えがあると言います」

「どんな」

「まず、旦那が両替商になったとき、自分から招福講をやめるのではなく、町奉行所からのお達しでやめるように命じられたと。そのあたり、お奉行河内守様のお力添えがあれば、うまくいくでしょうと。で、このお達しに逆らうことはできないからやめる。やめなければお咎めでお縄になる。しかし、お上のお指図とはいえ、ただやめるのでは今まで掛け金を納めてくださった講仲間に申し訳ない。そこで、わずかではあるが、気持ちだけお返しするというんです」

「ほう、考えたね。いくら返すんだ」

「それが細かいんですよ。あたし、覚えるのに苦労しました。入って一年以内の仲間には一両、二年以内なら二両、三年以内なら三両、三年より長く納めている仲間なら五両。これでいかがでしょうかと」

「なるほど、一生払い続けて一度も当たらないことを思うと、妥当だな。だけど、何万人にもそれだけ返そうと思うと、これは相当にかかるよ。途中でたくさん抜けてるだろうが、今いる仲間が数万人としてざっと十万両以上か」

「百万以上貯めてるんで、まあ、いいでしょう。吉兵衛は喜んでその案に乗りました」

「定七郎という男、人のいい吉兵衛をうまく乗せて、店を大きくした相当の策士だな」

「あと、もうひとつ。なかなかいい案が思いつかず、定七郎が頭を悩ませているのが、表の稼業ではなく、裏の高利貸しです。さすがの策士もこれはどうしていいかわからない。すると、吉兵衛があっさりと言い切ります。それなら、証文ごと全部、富蔵にくれてやると」

「博徒の富蔵にか」

「借金の取り立ては全部富蔵一家に任せている。貸してる金は大口、小口、合わせても数千両。一万まではいかないだろう。両替商になったら、博徒とは手を切らなければならない。数千両の証文は富蔵への手切れ金だ。それで文句を言うようなら、お奉行様に相談して、田淵の旦那に富蔵をばっさり斬ってもらうと、空恐ろしいことを言います」

「津ノ国屋吉兵衛という男、最初は親切を絵に描いたような善人だったのに、百万両も儲けたら、汚い金の亡者になったようだな」

「定七郎が富蔵に数千両もくれてやるのはもったいないと言いますと、吉兵衛は笑って、なあに、両替商にさえなれば、裏でちまちました高利貸しなんてやらなくても、札差と手を組んで、お大名方にいくらでも金をご融通できる。大名相手なら、利息は取りっぱぐれがないと、法外なことを申しておりました」

「大名相手に金貸しする気か。とんでもないな」

「そんな話を天井裏で聞いてたら、ついうとうとして、で、寝ちゃったんです」

「え、柳橋の茶屋の天井裏でかい」

「はい、おかげで今日は朝帰りで、大家さんの朝の見廻りでご挨拶できずにすみませんでした」

「そんなことはいいよ。吉原の身請けの話といい、津ノ国屋が両替商になりたがっている話といい、お京さん、よく探ってくれた。ありがとう。よし、なんとか津ノ国屋を追い詰める方策を思案しよう」

「あ、そうそう、大家さん、この前、ひとりじゃお酒を召し上がらないっておっしゃってましたわね」

「うん、わたしは下戸ではないんだが、ひとりで飲むのが、どうも間がもたなくてね。気が進まないんだ」

「井筒屋さんからいただいた灘のお酒、まだ残ってるんですか」

「大樽で貰ったからね。みんな酒豪だけど、少しはあるよ。久助に言って、持って帰ればいい」

「ねえ、もしよろしかったら、ごいっしょにいただいていいかしら」

「わたしと酒を」

「はい、いかがです」

「そうだな。色気抜きなら、一献、付き合ってもいいか」

「まあ、うれしい。あたしだって、大事なお役目の前に、大切な大家さんを口説いたりしませんからね」

二

柳橋の茶屋で四人が密会していた。

座敷の上座にはお忍びの老中松平若狭介、その脇に松平家江戸家老の田島半太夫、下座には井筒屋作左衛門と田所町大家勘兵衛が平伏している。

若狭介が声をかける。

「勘兵衛よ。しばらくじゃのう」

「ご無沙汰いたしております」

「盃を取らせる。近う」

「ははあ」

勘兵衛は膝行し、盃を受ける。

「どうじゃ、伏見の銘酒、美味であろう」

「まことに、馥郁として、おいしゅうございます」

「伏見の銘酒を扱っておった老舗の凋落、その真相から質商の行状をよくぞ調べあげた。大儀じゃ」

「ありがたきお言葉、痛み入りまする」

「津ノ国屋と申す商人、百万両とはよくぞ蓄えたものじゃ。商いを始めて何年であったか」

「十一、二年と思われます。当初はまさに親切な質屋として貧しい民の力となり、やがて困窮する町内の商家を助けるために隣人で銭を出し合うお助け講を発案し、大いに役立っておりました」

「それは感心なことよ。北町奉行河内守の申す通り天晴であある。民のために尽くして巨万の富を蓄えるとは、財政逼迫の幕府のお手本じゃな」

「殿、お戯れを」

横から田島半太夫が苦い顔をする。

「ふふ、半太夫、そちは相変わらず洒落がわからぬとみえる。利の薄い質屋などに富が蓄えられるものか。そうであろう、勘兵衛」

「仰せの通りでございます。質屋では儲けになりませぬ。そこでお助け講を招福講に改めまして、くじで引き当てた者に金を与えます。十両が百両となり大層な人気となり、やがて万人を超えて、当たり金を千両にいたしましたところ、万民こぞって講仲間となり、莫大な掛け金が津ノ国屋の所得となります」

「今、いかほどの者が入っておるのか」

「入っても一年にひとりしか当たりませんので、途中で抜ける者も多く、今は数万人と思われます」

「ほう、数万の者ども、今も毎月掛け金を支払い続けるとは、大名の年貢よりも大きく稼ぐのう」

「殿、またそのようなお戯れを」

「いや、戯れではない。わが藩の七万石よりもよほど収益があるとは思わぬか」

半太夫は無言でうつむく。

「津ノ国屋が財をなしましたるは招福講だけではございませぬ。講で得た財を闇で貸し付け高利を貪(むさぼ)っております」

「しかし、わしが思うに招福講とは陰富にほかならぬ。また、闇の高利貸しなどもってのほか。それを取り締まるべき町奉行が、津ノ国屋を褒めそやしておる。津ノ国屋と北町奉行とのつながりもわかったのじゃな」

「はい、津ノ国屋は以前より色里で北町奉行を饗応しておりました。昨年、一万両で身請けした遊女を根岸に囲い、河内守様の妾として差し出しました。それゆえ、お奉行は津ノ国屋に恩義を感じておられるのでしょう」

「一万両の美女とはのう。わしが昨年、老中に就任した際、茶屋での接待や各方面への進物など、一万両の出費があり、勘定方のそのほうにお控えなされと諫言(かんげん)された」

「畏れ入ります」

「河内守め。美女をあてがわれ、津ノ国屋の不正を見て見ぬふり、そればかりか褒めそやすとは」

「さらに闇の金貸しにつきましては、北町奉行所同心の手先が津ノ国屋の要請で借財の取り立てを請け負い、返済できぬ者からは家財、屋敷、土地ばかりか妻や娘まで取り上げる悪辣三昧。それもまた、北町奉行が許しておられます」

「許せんな」

「津ノ国屋は富の力で悪事をすべてもみ消し、このほど、公儀御用達本両替商となるべく野望を抱き、本両替商仲間を束ねる和泉屋長兵衛に近づき、勘定奉行畠山安房守様への口利きを願い出ております。本両替商ともなれば、お大名方に金銀を融通し、これまでの悪事はすべて闇に葬られましょう」

「金に物を言わせて両替商とは考えおったな。和泉屋はすでに津ノ国屋を安房守殿に引き合わせたのか」

「いえ、津ノ国屋から進物は受け取りましたが、まだ動いてはおりませぬ。老獪な和泉屋長兵衛ゆえ、招福講が陰富の疑いのあることに薄々気づいておるのでしょう。津ノ国屋が裏で汚い金貸しをしているのも承知かと思われます。そんな男を勘定奉行に引き合わせたら後難となる。百万両は気になるが、返事を引き延ばしておる様子」

「うむ、これはなんとしても阻止せねばならんな」

「そこでこのほど、ひとつ方策を思いつきましてございます。それには井筒屋殿にご助力を願い、殿にはぜひともご老中のお立場から、お力をお貸しくだされたく、お願い申し上げます」

「ふふ、またなにか小気味よい細工を思いついたか。津ノ国屋の野望を打ち砕き、河内守を失脚に追い込めるなら、力を貸そう。どのような趣向じゃ。申してみよ」

「ははあ、津ノ国屋の強みは金の力でございます。そして、弱みもまた、金であると思われます。そこで罠を仕掛けて、津ノ国屋から百万両を奪い取ります」

「なんと、百万両を奪い取るとな。して、どのような罠じゃ」


亀屋の二階で店子たちが驚嘆の声をあげる。

「へええ、お殿様がお力をお貸しくださるので」

「そうだよ。井筒屋さんにもお手伝いいただく。これで、津ノ国屋の息の根を止められるだろう。そうなれば、北町奉行もおしまいだし、その腰巾着の同心も、同心の手先の博徒も、みんな負け犬として葬られる」

「ご一同、失礼つかまつる」

左内の声にみなが階段を見る。

「おお、左内さん、来られましたな」

「遅参いたしまして」

「富蔵の用心棒になられたそうで、うまく抜け出せましたか」

「今夜、ここでご一同が集結とのこと、弥太郎殿がそっと知らせてくれまして、なんとしても顔を出さねばと、駆けつけました」

「ご苦労様です。これから、津ノ国屋とその一党を罠にはめる手立てを話そうとしていたところですよ」

「さようか。間に合ってよかった。卒爾ながら、ひとつお話ししたいことがあり申すが、よろしゅうござろうか、大家殿」

「なんです」

「津ノ国屋と町奉行河内守とが出会ったきっかけでござる」

「ほう、それはまた、どのような」

「拙者、用心棒として、この数日、花川戸の富蔵の家の脇にある仕舞屋に子分どもと寝起きしておりました。賭場は月に三度だけ、それ以外は地元で睨みをきかせたり、借金の取り立てに回ったりしますが、富蔵は羽振りがよく、子分もけっこうな数がいて、飯や酒には不自由いたしませぬ。子分ども、飲んだらたいてい悪事の自慢話になりまして、拙者を悪党の新入りと思ってか、親分富蔵の自慢もいたします。どうして富蔵が津ノ国屋の高利貸しの手助けをしているか。そして津ノ国屋が町奉行とどうやって知り合ったか」

「左内さん、それはぜひ、お聞かせください」

「心得ました」

左内はおもむろに一同を見渡す。

「津ノ国屋は親切な質屋で通っており、どんな品物も預かり、客の素性を詮索いたさず、ゆえに素性のよくない者も客になります」

「素性のよくない客とは」

「盗人が盗品を持ち込んでも、すんなり金を貸すのです」

「わあ」

半次が声をあげる。

「そんなことしたら、いけませんぜ。ばれたら質屋株を取り上げられて、二度と商売できなくなりますよ」

「うむ。半次殿は質屋に詳しいのう。吉兵衛は子供の頃から質屋で修業しており、目利きができる。盗品とわかると、断らずに安く買い取る。三月経ったら、気心の知れた道具屋に引き取らせる。そのような流れでござる」

「つまり、盗品を安く買って高く売るんですね。なんて野郎だ。善人面して、裏でそんな汚い真似までしてやがったのか」

「しかし、そのような悪事、いつかは露見いたそう。町方の手先の富蔵が目をつけましたのじゃ。捕まえた盗人が津ノ国屋に盗品を預けたと白状したので、同心の田淵とともに乗り込むと、津ノ国屋は落ち着き払ってふたりに袖の下、大枚を差し出す。同心と手先は納得し、盗人は口封じに田淵に斬られたのでござるよ」

　弥太郎が以前に仕入れた話の真相であった。

「ああ、田淵が追い詰めた盗賊を成敗したという話ですね」

「さよう。盗賊殺しに気づいた奉行が田淵を問い詰め、今度は津ノ国屋が奉行にも多額の賂（まいない）を渡して饗応。そこから先、損得を秤（はかり）にかけて奉行と質屋が誼（よし）みを通じる。吉原で接待されるのは田淵と奉行だけで、富蔵の同席は奉行が許さない」

「ははあ、町奉行が博徒といっしょに饗応を受けたらまずいでしょうな」

「そうでありましょう。津ノ国屋は富蔵の顔を立て、高利貸しの借金取りを任せました。割前（わりまえ）のいくらかは富蔵の取り分となる。富蔵の子分たち、親分の言いつけで、かなり手荒い取り立てを行い、借金の形（かた）に仕舞屋に連れ込んだ女たちを寄ってたかって手込めにしたとの自慢話。あまりの非道さ、醜悪さ、拙者、思わず子分どもを斬り捨てたい衝動にかられ申した」

「女をひどい目に遭わせる外道ども、左内さん、叩き斬ってください」

　左内の話に徳次郎が血相を変える。

「うむ、女殺しの徳次郎殿に言われるとは」

「いいえ、あたしは女は好きだが、女に悪さする極道は大嫌いで、許せません」

「さようか。いずれ斬ることになるやもしれぬ。もうひとつ、大家殿、相模屋の一件ですが」

「それも富蔵一味がかかわっておりましたか」

「相模屋は身請けしようとした吉原の遊女を津ノ国屋に横からかっさらわれ、煮え湯を飲まされておりましたが、どうやら女が町奉行河内守に囲われていると知り、津ノ国屋に掛け合った由。女を寄越さなければ、奉行の不埒を世間にばらすぞと」

「あ、やっぱり、そんなことがあったんですね」

　眉を曇らせるお京。

「さよう。それで、津ノ国屋が相模屋の番頭、喜兵衛を下総の造り酒屋で欺き、印形を押させて借金を背負わせ、相模屋を潰したのです。番頭を騙す芝居を下総で打ったのが富蔵の子分ども。これもまた、面白そうに自慢しておった」

「じゃ、左内さん、富蔵一家の連中、ひょっとして相模屋与右衛門を殺したんでしょうか」

お京が尋ねられ、左内は首を傾げる。

「さあ、連中、人殺しのことは言わんな。悪事の自慢、騙りや手込めは吹聴するが、殺生(せっしょう)は禁句なのであろうか。あるいはだれか別の者が与右衛門を始末したか。子分ども、またなにか漏らすかもしれぬ。まず拙者が耳にした富蔵一家と津ノ国屋の悪事のいきさつ、そんなところでござる」

「左内さん、いいお話を伺いました。町奉行が津ノ国屋を庇っているのは、そういういきさつもあるからですね。ますます連中は許せないな。では、みんな、顔がそろったので、津ノ国屋を罠にはめる方策を申しましょう」

「待ってました」

半次が声をかける。

「親切な質屋の利ではたいした稼ぎにはならないが、津ノ国屋は招福講で財を築き、裏で闇の高利貸しに手を出し、今、左内さんがおっしゃったように盗品売買までしているとは。しこたま儲けた蓄えが金百万両とのこと」

「へぇえ」

一同は驚きの声をあげる。

「弥太さん、津ノ国屋の金蔵にはほんとに百万両もありそうかい」

「小柳町は柳原の土手下で、店は最初、そんなに大きくなかったそうです。質屋は大通りにはありません。横町ですから商家は少なく、商売上手でどんどん店が繁昌し、招福講の金も入ってきますし、三年前に周囲の仕舞屋を買い取って、質屋と質流れを売る店と招福講の取次を合わせた間口の広い店に建て替えました。そのとき、裏に大きな蔵を三つこしらえたとのことです」

「蔵が三つあるんだね」

「質屋ですから、客から預かった質草を大事にとっておく蔵、あとは質流れを一時貯め込む蔵、そして金蔵です」

「蔵の中に百万両もあるのかね。小判なら千両箱で千個だからな」

「さあ、質屋の蔵の中までは覗けませんので」

「弥太郎さんでも中に忍び込めないのかい」

「厳重になってます。そう簡単に入れるようなら、盗人はみんな質屋の金蔵を狙うでしょう。容易には入れませんね。どんな仕掛けがあるか」

「じゃ、津ノ国屋が百万両といってるのは、法螺なのかな」

「どうですかねえ。千両箱の寸法は、大家さん、ご存じでしょ」

「わたしはお屋敷勤めのとき、勘定方だったから、金の勘定が仕事で、下っ端ながら藩邸のご金蔵を検分したことは何度もあるよ。千両箱は思ったより小さかったが、軽々と持ち上げられるような重さじゃなかった。黄金でできた小判は重いものだから」

「質屋の金蔵、床は相当にしっかりと固めてあるでしょう。千両箱を千個も積み上げたら、普通の床だとすとんと抜け落ちますからね」

「百万両というのは小判だけじゃないな。大判や延べ金や丁銀や銅銭や質流れの金目のもの、全部ひっくるめての百万両かもしれない。ま、いずれわかることだ。われわれで津ノ国屋から百万両、引き出す手立て、筋書きはできている」

「どうやって、あの悪党から金を絞り出すんですか」

「半さん、今回はみんなで大芝居を打つ。おまえさんの役割が大きいよ」

「ほんとですか、大家さん、うれしいなあ」

「津ノ国屋が今、なにを望んでいるか。小柳町の質屋を大番頭の定七郎に譲り、自分は公儀御用達の本両替商になるつもりだ。奉行所が押さえた鍋町大通りの相模屋をそっくり自分のものにして、本両替商を開く算段。そのため、町奉行の口利きで本町の両替商、和泉屋長兵衛に会い、頼み込んだ。勘定奉行の畠山安房守様にお口添えくださいと。本両替商になるには町奉行は力にならない。勘定奉行の承認がいる。そこで金の力で安房守に近づき、大枚の賂で望みを叶えようとの魂胆だ。公儀御用達本両替商になれば、今までの不正も悪事もみんな帳消しとなる」

「質屋は大番頭に譲るとして、招福講はどうなるんです」

「あっさりとやめるつもりらしいね。町奉行に禁じてもらい、講仲間には少しの返金でなんとか誤魔化すだろう」

「闇の高利貸しもやめるんですか」

「富蔵に証文を全部くれてやり、あとは知らぬ顔さ。ちまちま高利貸しなんかしなくても、大名貸しでうんと儲かる」

「考えやがったな。だけど、勘定奉行が承知するんですかね」

「今のところ、和泉屋は勘定奉行に口利きする気がないんだ」

「じゃあ、どうやって」

「だから、そこがわれらの出番だよ。津ノ国屋を勘定奉行に会わせるんだが、その役目を半さん、おまえさんにやってもらう」

「あっしがですかい」

「うん、おまえさんが和泉屋長兵衛に化けるんだ」

「へえぇ」

「できるだろ」

「うーん、会ったことないけど、和泉屋長兵衛、歳はいくつです」

「五十ぐらいだ。お京さん、どうだろうね。半さんと和泉屋長兵衛、見た目は」

　お京は半次を上から下まで見る。

「背格好はだいたい同じぐらいですよ。半さん、少し老け役になるけど、どんな役でもお手のものでしょ」

「声色、しゃべり方、立ち居振る舞い、会ったことのある人なら、たいてい真似できますけど、全然見たこともない人はどうかなあ。あっしのような大工が本町の大きな両替屋に行って、ご主人にお会いしたいったって無理だし、その家で普請でもあれば、潜り込めるけど」

　にやりとする勘兵衛。

「普請なんてないよ。そこで、おまえさんを和泉屋に会わせる手立てを考えた。お京さんと、あとは井筒屋の旦那にも手を貸してもらう。そうだね、お京さん」

「はい、和泉屋さんは毎月、十五日に池之端の茶屋、玉膳で発句のつくよみ会を開きます。で、いつも二日前の十三日の夜、打ち合わせに店に来て、飲むのが決まりです。明日が十三日でしょ。あたし、調べましたら玉膳にもう和泉屋さんが来ると決まってます。そこで、井筒屋の旦那も明日、玉膳に座敷を取ったんです」

「へ、井筒屋さんが」

「今、どこの茶屋も景気がよくないのよ。それで名高い地本問屋の井筒屋さんが申し込んだら、玉膳は一も二もなく大喜び。井筒屋の旦那はちょうど和泉屋さんが打ち合わせの刻限に合わせて玉膳で飲むんですよ」

「で、あっしはどうすりゃいいんで」

「明日の夜、あたしは芸者になって、井筒屋の旦那の座敷に呼ばれます」

「わあ、いいなあ。お京さんの芸者姿」

「そんなことはいいのよ。そこで、半さんは幇間になってください。太鼓持ち、できるでしょう」

「はあ、それなら造作ない。やりますよ。幇間で井筒屋さんの座敷に行けばいいんですね。あらよっと」

「ところが、そうじゃないの」

「え」

「半さんが行くのは、和泉屋さんの座敷」

「呼ばれてもいないのにですか」

「そう。呼ばれてもいないのに、わざと間違って、和泉屋さんの座敷に幇間芸をしながら、跳び込むの」

「すると、どうなるんで」

「和泉屋さんは驚くでしょうね。そこで、半さん、失礼しましたと言って座敷を出るの。今度は井筒屋さんがあんたを連れて、和泉屋さんの座敷にうちの太鼓持ちがご無礼しましたと謝り(あやま)に行く。そこで井筒屋の旦那がお詫びに一献とかいって、和泉屋さんの座敷であんたといっしょに少し飲む」

「そんなにうまくいくかなあ」

「井筒屋の旦那は元隠密よ。きっとうまくやるでしょう。で、座敷でいっしょになったら、半さん、あたしも芸者でいっしょについていくから、上手に和泉屋さんの声色やしゃべり方、立ち居振る舞いを盗み取るのよ」

「なるほど、そうやって、あっしが和泉屋長兵衛の声と動き、しゃべり方を習得すればいいんですね」

「そうなんだよ。半さん、できるかい」

「そこまでお膳立てしてもらえば、なんとかなります」

「うん、次に和泉屋長兵衛に化けたおまえさんが、津ノ国屋を騙すんだ」

「はい」

「場所は柳橋の茶屋がいいだろう。津ノ国屋に和泉屋から招きの知らせが行く。勘定奉行の畠山安房守が会いたがっているので、お越し願いたいと。津ノ国屋は喜んでやってくる。そこで半さん、和泉屋になりすましたおまえさんが、安房守に引き合わせる」

「ちょっと待ってくださいよ。あっしは和泉屋さんの役なんでしょ。安房守様の役はどうするんです。まさか、早変わりでひとり二役ですか」

「いや、いくら千両役者のおまえさんでも、それはちと無理だな。勘定奉行は津ノ国屋を両替商に推挙する役だ。そのためには両替商のことを津ノ国屋に少しは説明しなければならない。金と銀と銭の交換について。今、金一両は銅銭で何文になるか知ってるかい」

「ええっと、四千文ぐらいでしょ」

「お上のお定めでは、その通りだが、小判と銅銭の相場はその時々で変動するんだ。

三月ほど前まで勤めていた勘定方では厄介な事案だった。今はだいたい、小判一両が五千文ぐらいかな」

「はあ、じゃ、銭の値打ちが変わるんですか」

「小判一両が四千文から五千文に変わると、銭の値打ちが上がったか、下がったか、どっちかわかるかい」

　みんな首を傾げる。

「あの」

　玄信が言う。

「銭の値打ちが下がったんでしょう」

「はい、四千から五千になったのですが、先生、どうして下がったと思われました」

「一両を得るために以前は四千文稼いでいればよかったのが、五千文稼がないと一両にならない。やはり景気のせいでしょうか」

「その通りです。つまり、勘定奉行に化けて、津ノ国屋から金を引き出すために説得するには、両替の知識がある程度いるんだ」

「なら、大家さんが勘定奉行に化ければいい。元勘定方なんだから、ぴったりの役どころです」

「わたしもそう思って、弥太さんに勘定奉行を見てきてもらった。なかなかお偉方を間近で見るなんて、だれにもできない芸当だからね。そこへいくと、弥太さんはどこにでもすんなり入っていくからな」

「質屋蔵以外なら、どこにでも潜り込みます」

「どうだい、弥太さん、わたしは勘定奉行に化けられそうかな」

「津ノ国屋は勘定奉行とは面識がなく、会ったこともありませんが、ひょっとして遠くから見ているかもしれません。勘定奉行畠山安房守は大家さんより少し若くて四十半ば、背丈は並みですが、少し太り気味。大家さんはがっしりと引き締まっているし、歩く姿は豪傑そのもの。あんまり似てないんですよ」

「というわけで、いくら会ったことがないとはいえ、わたしじゃ、ぼろが出るかもしれない。そこで」

勘兵衛は一同を見渡す。

「どうですかな、玄信先生。体格といい、物識り（ものし）といい、勘定奉行の役どころ、ぴったりと思われますが」

「はあ、しかし、この頭では」

玄信は総髪を撫でる。

「心配ないです。お京さん、直せるだろ、先生の頭」

「はい、月代（さかやき）を剃って直参（じきさん）お旗本に仕上げます」

「屋敷勤めを辞めてから、ずっとこの頭、気に入ってるんだがなあ」

「駄目ですよう。そんな頭の勘定奉行がいるわけないわ」

「はいはい、お京さんにお任せしますよ」

「じゃ、明日は玄信先生、半さん、池之端でうまくやってくださいよ」

「心得ました」

三

十一月の半ば、柳橋の茶屋で和泉屋長兵衛に扮（ふん）した半次と勘定奉行畠山安房守に扮した恩妙堂玄信が酒を酌（く）み交わしながら、津ノ国屋吉兵衛の到着を待っていた。

「そろそろ来る刻限ですぜ、先生」

「おい、半さん、先生はやめろよ。口調はもっと商人らしく」

「はい、心得ました」

「それでいい。おまえさん、ぼろが出ないように、挨拶が済んだら、さっさと消えるんだよ」

「承知いたしております。お奉行様」

津ノ国屋吉兵衛は若い大番頭の定七郎とともに、いそいそと柳橋に向かった。待望の知らせが和泉屋長兵衛から届いたのだ。待ち合わせはさほど格式の高い茶屋ではなく、約束の暮れ六つに到着すると、店の番頭に出迎えられ、すぐに奥座敷に案内され、入口で定七郎とともに平伏する。

「津ノ国屋さん、ようこそ、おいでなさいました。先に始めておりましたよ」

座敷の中では、すでに和泉屋長兵衛が上座の武士と盃を傾けている。約束は暮れ六つのはずだがと内心思いながら、吉兵衛は入口で平伏したまま挨拶する。

「お待たせいたしまして、ご無礼の段、お詫び申し上げます」

「いえいえ」

和泉屋は気さくに言う。

「こっちが早めに始めてただけですよ。さ、お気になさらず、中へどうぞ」

「ははっ」

恐る恐る入ってきた津ノ国屋を和泉屋は武士に紹介する。

「お奉行、これに参りましたのが津ノ国屋吉兵衛にございます。津ノ国屋さん、連れのお人は」

「はい、わたくしどもの大番頭を務めております定七郎と申します」

定七郎は入口で畳に額をすりつけたまま身動きしない。

「そうですか。津ノ国屋さん、これにおわすのがご公儀勘定奉行、畠山安房守様であらせられます」

吉兵衛は顔を上げずに答える。

「ははあ、お初に御目通りが叶い、ありがたく存じまする。津ノ国屋吉兵衛めにございます。これなる定七郎ともども、なにとぞ、よろしくお引き立てのほど、願い奉りまする」

「うむ、畠山安房守じゃ、面を上げよ」

顔を心持ち上げて、吉兵衛と定七郎は奉行を見る。小太りで人の好さそうな赤ら顔なので、内心ほっとする。

「今宵は忍びゆえ、堅苦しい挨拶はよい。津ノ国屋、番頭も許すぞ。近うまいれ。無礼講じゃ」

「ははあ」

ふたりはそろそろと膝行し、奉行に近づく。

「では、お奉行様、そして津ノ国屋さん、わたくし、本日は野暮用がございまして、これにて失礼いたします」

「うむ、和泉屋、大儀であるぞ」

「ははっ」

和泉屋は退出しながら、吉兵衛の耳元にそっと囁く。

「例の件、ご承認叶いますぞ」

「は、さようで」

和泉屋と入れ替わりに女中が酒と料理を運び入れる。

「さあ、津ノ国屋、一献まいろう」

「畏れ入ります る」

「そのほうの噂、前々から耳に入っておるぞ。親切な質屋で財をなしたと」

「お恥ずかしゅうございます」

女中の退出を見届け、奉行が小声で語る。

「今宵は和泉屋がこの場を設けてくれての。が、わしはそなたに、ちと内密の話があるゆえ、先に帰したのじゃ」

「と申されますと」

「番頭、そのほうも近う。盃を取らせる」

「畏れ入りまする」

　定七郎も奉行の盃を受ける。

「津ノ国屋、この若い番頭、信用がおけるであろうな」

「はい、この者、店を興しましたときからの忠義者、今ではわたくしの片腕でございますれば、今宵、不躾とは存じましたが、同行いたしました」

「さようか。ならば許す。津ノ国屋、そのほう、公儀御用達本両替商を望んでおると和泉屋が申しておったが、違いないか」

「できますれば、そうなりたいと望んでおりまする」

「うむ。では、わしが推挙いたそう」

「おお、それはありがたく存じまする」

「これよりわしの申すこと、決して他言はならぬ。もし、外に漏れでもしたら、そのほうら、ふたりの首が飛ぶ。覚悟はよいか」

　吉兵衛はちらりと定七郎を見て、うなずく。

「承りまする」

「では申すぞ」

「ははあ」

「そのほうら、松平若狭介様を存じておるか」

吉兵衛と顔を見合わせ、定七郎が応える。

「昨年若くしてご老中になられた若狭介様でございますか」

「知っておったか」

「ご芳名は存じ上げております」

「番頭とやら、そのほう、名はなんと申したかな」

「定七郎と申します」

「そうか。津ノ国屋、なかなか利発な番頭じゃのう」

「ありがとうございます」

「若狭介様は出羽小栗藩松平家を十年前にご相続なされ、飢饉で困窮したお国元で思い切った財政改革を行われ、餓死者も出さず、見事に立て直された。その手腕を高く買われて、昨年にご老中に就任なされたのじゃ。今、お上の台所は逼迫しておるのでな。ここだけの話じゃぞ」

「ははあ」

「民を養うことが治国の基本である。これが若狭介様のご信念じゃ。本両替商仲間を束ねる和泉屋がそのほうを推してきおった。そのほう、親切な質屋で民の助けになっておるのう。わしの推挙で本両替商仲間に加えることはすんなり通るが、公儀御用達にはご老中のご承認をいただかねばならぬ。そこで若狭介様にそのほうのことを伝えてみた。すると、すでに親切な質屋を知っておられる。上様が孝子を奨励なされているので、民の力になる質屋はどうかと町奉行に問われた際、北の柳田河内守殿が太鼓判を押されたとのこと」

「うれしゅうございます」

吉兵衛は顔をほころばせる。

「和泉屋が申しておったが、そのほう、かなりの蓄えがあろう」

「それほどでもございませんが」

「なに、ないのか」

「いえ、わずかではございますが」

奉行は大きく溜息をつく。

「わずかでは駄目じゃな」

吉兵衛と定七郎は顔を見合わせ、うなずき合う。

「それならば、お奉行様、細々とした質屋稼業ではございますが、質素倹約に努め、百万両ばかり蓄えております」

「おお、百万両とな」

「他の両替商のみなさまと比べますれば、不足ではございましょうが」

「それだけあれば事足りる。では、津ノ国屋吉兵衛を本両替商に推挙いたす。ご老中より公儀御用達の承認も得られるであろう」

「ありがたき幸せにございます」

「だが、ひとつだけ、見逃せないことがあるのじゃ」

「なんでございましょう」

「招福講のことじゃ」

はっとして顔を見合わせる吉兵衛と定七郎。

「くじで千両が当たるとのことじゃが、まことか」

「はい、しかし、人々の幸せを願ってのことでございます」

「わしも気になって調べたが、最初は当たりが十両であったそうな」

「はい、お助け講と申しておりました」

「民が助け合う講ならばよいのだが、千両ともなると、ちと大仰すぎる。寺社の富くじと変わらぬ。となれば陰富の疑いが生じる」

「さようでございますか」

「陰富を厳しく取り締まるのがご定法であるが、今のところ、町奉行よりお咎めはないな」

「ございません」

「ならば、陰富の疑いを消し去り、それを称賛に変える案があるのじゃ」

「なんでございましょう」

「若狭介様が幕府財政を立て直す有効な手立てを発案なされて、密かにわしに伝えられての」

「どのような」

「決して他言無用じゃぞ。今、このことを知るのは若狭介様とわしだけじゃ。外に漏れると、そのほうらの首が飛ぶ。よいか」

「はい」

「お上の定めた銭の相場一両四千文が、近頃では五千文にまで変わってきておる。各地から人が出入りし、商法の活気ある江戸で町人の数がやたら増え、銅銭が不足気味なのじゃ。小判や丁銀は金座銀座で賄っておるが、銭を造る銭座は廃止されて久しい。そこで新たに銭を改鋳するというのが若狭介様のお考えである。それも一文、二文ではない。百文銭じゃ」

「百文銭でございますか」

「ただし、百文分の銅となると、財布に入れるのも不便じゃ。そこで銭十枚の材質で百文の通貨を改鋳し、通用するようお上が定めるのじゃ」

「銭十枚分で百文でございますか」

「お上の通用銭、これが通れば百文銭一枚で幕府は九十文の得となろう」

「はあ」

「今、亀戸（かめいど）の銭座跡に内密に吹き上げ所を準備しておる。近隣の銅山より銅を取り寄せ、年内にも改鋳を行う予定じゃ。だが、このこと、世間に漏らすわけにはまいらぬ。ことに外様（とざま）の薩摩（さつま）などに知られてはまずい」

　奉行は顔をしかめる。

「さようでございますな」

「改鋳には費用がかかる。内密の事業ゆえ、公儀より予算は取れぬ。そこで豪商に話を持ち掛けてはどうかとご老中が仰せで、まさにそのとき、和泉屋からそのほうの両替商推挙の願いが出された」

「はあ」

「極秘ゆえ、改鋳の話はまだどこにも伝わってはおらぬ。だから先ほど和泉屋を先に帰した。どうかな、津ノ国屋、腹を割って話そう。改鋳の費用、そなた、賄う気はあるか。さすれば、陰富の疑いは霧消し、公儀御用達本両替商は決まったも同然じゃ」

「ありがたいお話でございますが、いかほどご入用でございましょう」

「作業場の設置、原材料の入手、職人の手当、しめて百万両」

「ひええ」

仰天する吉兵衛と定七郎。

「驚くことはないぞ。どうじゃ。出してくれるか」

「いつまでにご用意いたせば」

「ことは急を要する。明後日までに亀戸の銭座跡に届けてほしい」

「はあ、ですが、わたくしどもの身代、蔵の千両箱だけでは千もありませぬ。大判、延べ金、丁銀、銭、その他、金目のもの合わせてようやくぎりぎり百万両にはなりますが。それを明後日までにすべて差し出せば、翌日から商売が成り立ちません。とても百万両をお届けするゆとりはございませぬ」

「そうか。残念じゃのう。この話に乗れぬなら、両替商の推挙も公儀御用達の承認もできぬ。親切な質屋を生涯続けるがよかろう」

吉兵衛は肩を落とす。

「はあ、無念でございますが、いたしかたございませぬ」

「銭十文分で百文、流通すれば幕府は九十文潤う。潤うた分で次々と百文銭を生み出すことが可能じゃ。今、百万両出してくれれば、年明けには二倍か三倍にして、返してやれるのだが」

「と、おっしゃいますと、百万両差し出せば、来春に二百万両か三百万両になって戻ってくるのですか」

「勘定所ではそういう算段になっておる。江戸ばかりか、京、大坂をはじめ、全国津々浦々(つつうらうら)に百文銭がゆきわたれば、世間は好景気に沸き返り、幕府の財政は万々歳。が、そのほうが無理なら仕方ないのう。和泉屋にでも話を通すか。喜んで百万両出してくれよう。しかしのう、そのほうに最初に持ちかけたのは若狭介様のお考え、民を養うことが治国の基本である。腐るほど金のある和泉屋よりも、民のために尽くす津ノ国屋に儲けさせてやりたいとのお心じゃ」

それを聞いて、定七郎は吉兵衛に耳打ちする。

「お奉行様、今、大番頭と相談いたしましたが、百万両、明後日までに亀戸の銭座跡にお届けすればよろしいのですな」

「おお、出してくれるのか」

　吉兵衛は大きくうなずく。

「はい、千両箱は千に足りませぬが、申しました通り、大判、延べ金、丁銀、銭、金目のものすべてかき集めますれば、百万両をご用意できます」

「しかし、商いはどうするのじゃ」

「質屋でございますので、蔵には質草がたくさんございます。また、内緒ではありますが、高利でご用立てしているお客様もあり、年明けに百万両が二倍、三倍になって戻ってきますれば、なんとかなりましょう」

「ならば、話は早い。金を受け取った後、三日ほどでご老中よりそのほうに呼び出しがあり、今月中に見返りとして公儀御用達本両替商の認可がおりるぞ」

「ありがたき幸せにございます」

「して、どのように金を運ぶのじゃ」

　定七郎が吉兵衛に耳打ちすると、吉兵衛はうなずく。今度は定七郎が奉行に答える。

「僭越ながら、わたくしから申し上げます」

「うむ、番頭、申してみよ」

「店は小柳町にあり、金はすべて店の蔵にございます。土手から川船を何艘も仕立てまして、神田川から大川を経て亀戸まで運びまする」

「船なら、安全じゃが、千両箱そのままでは物騒じゃ。偽装いたせ。間に合うかな」

「はい、急ぎ、荷造りいたします」

「うむ。亀戸では銭座跡に改鋳所ができることが発覚せぬよう、小栗藩松平家下屋敷がすぐそばにあるので、雪見にかこつけて、若狭介様が銭座跡をしばし拝借なされ、宴の屋台を張るとの届け出をお上に出されておられる。そこへ偽装した百万両を運び込むのじゃ」

吉兵衛が微笑（ほほえ）む。

「雪見の宴とは風流でございますな。明日と明後日、両日は津ノ国屋を休業いたしまして、店を閉め切り、明日一日かけて奉公人一同で千両箱とわからぬよう荷造りをいたします。そして、明後日に川船で亀戸の銭座跡、松平様雪見の屋台へお届けいたします」

「それでよい。が、奉公人には決して、銭改鋳の件、漏らすでないぞ。漏れたらそのほうら一同、重いお咎めとなる」

「心得ました」

「では、明後日はわしが銭座跡で待ち受け、間違いの起きぬよう百万両引き取りの場に立ち会うことにいたす」

「ああ、それならば安心でございます」

「さ、話は済んだ。飲んでゆけ」

「ははあ」

「津ノ国屋、そして番頭、ふたりそろってよき顔つきをいたしておるな」

「さようでございましょうか」

「うむ、いくらでも金が溜まる金運の強相と見た」

「ありがたきお言葉、痛みいりまする」

四

二日後、江戸は快晴であった。小柳町の津ノ国屋から大量の荷が近くの土手に運搬され、数々の大きな川船に分散して積み込まれた。

実は昨夜、血なまぐさい事件が津ノ国屋の蔵で起きていた。荷造りの手助けとして花川戸から駆り出された富蔵の子分の人相の悪い博徒たち。千両箱の山に目がくらんだのか、梱包がすべて終了した夜更けに悪心を起こして刃物を取り出し、古布や筵(むしろ)で包まれた千両箱を横領し持ち出そうとしたのだ。

主人吉兵衛や奉公人たちは脅されて身動きが取れず、荒くれ男たちは荷車に千両箱をいくつも積み上げた。そのとき、無頼(ぶらい)の子分の中にいたひとりの浪人がいきなり抜刀し、仲間の博徒全員を目にもとまらぬ早業(はやわざ)で斬り捨てた。吉兵衛はじめ津ノ国屋の奉公人はその場で凍りつき、浪人は刀の血糊を拭うと、無言でその場を立ち去った。

博徒たちはいずれも瞬時にひとり残らず落命していたが、大事の前にこの惨劇を表沙汰にはできない。吉兵衛は番屋にも奉行所にも届けを出さず、奉公人は口止めされ、死骸は俵に詰められ空になった金蔵に隠された。

百万両の荷を積んだ十数艘もの川船は大番頭の指図で神田川から大川を渡り、本所竪川(たてかわ)に入って、横十間川(よこじっけんがわ)へと左折し、亀戸町に到着し、勘定奉行に扮して待ち受けていた玄信の指図で、すべて無事に銭座の雪見の屋台に移された。奉行配下の役人に扮した二平、熊吉、徳次郎、半次がおおまかに勘定して受納し、二平が玄信に千両箱の数を報告した。

「津ノ国屋の番頭、定七郎であったな」

「はい、お奉行様、すべてお指図通り、運びましてございます」

「ご苦労であった。これよりすぐ、ご老中に報告いたす。三日ほど後に小石川のお屋敷から吉兵衛に呼び出しがあるはずじゃ。その後、今月中には公儀御用達本両替商の認可がおりる。まずは三日ほど待てと主（あるじ）に伝えよ。このこと、決して他言無用じゃぞ」

「ははあ、心得ましてございます。どうぞ、よろしくお願い申し上げます」

定七郎は奉公人や土手で雇った人足たちと川岸まで戻り、再び乗船して神田方面へと帰っていった。

「先生、ご苦労さんでした。いやあ、先生の芝居、成田屋も顔負けだな。連中、見事に騙されましたね」

「そりゃ、半さん、おまえさんの和泉屋が真に迫っていたから、津ノ国屋がわたしを信用したんだよ」

「そいつはありがとうござんす」

横から徳次郎が言う。

「半ちゃん、今日は勘定奉行配下の侍の格好なのに、言葉はいつも通り大工になってるよ」

「そうかい。徳さん、おまえだって、侍の格好で小商人だぜ」

「あ、ほんとだ。慣れちまったかな」

「このあたり、久しぶりで懐かしいなあ」

二平が思わずつぶやく。

「そうか。二平さんは下屋敷だったね」

「はい、あたしは出羽の生まれで、鉄砲方がなくなったんで、江戸に出てきて、ずっと本所の下屋敷でしたから。ときどき抜け出して、このあたり、亀戸町もうろうろしたなあ。江戸が珍しくて」

「二平さん、ここらも江戸には違いないが、ほとんど在所だよ」

「いいえ、出羽の小栗城下と比べれば、よほど開けてますよ」

何台もの荷車をがらがらと引き連れて、小栗藩江戸家老の田島半太夫がやってくる。

「これは、ご家老様、お世話になります」

「うむ、みな久しいのう。今日はご苦労じゃ。荷を受け取りに参った」

「はい、そちらの屋台に入れてございます」

半太夫は屋台を覗いて驚嘆する。

「おお、こんなにあるのじゃな。荷車が足りぬかのう。ならば、何度か行き来するしかない。みなの者、これへまいれ」

「へーい」

半太夫について荷車を引いていた中間(ちゅうげん)や足軽が威勢よく集まる。

「それなる荷を屋敷の二番蔵まで運ぶのじゃ。よいか」

「へーい」

「あ、ご家老。われらもお手伝いいたします」

二平たちが半太夫に頭を下げる。

「おお、それはすまぬな。かたじけない」

大男の熊吉は張り切って、古布や筵に包まれて偽装された千両箱を軽々と持ち上げ、素早く荷車に積んでいく。

「熊さん、こんなときには一番役立つね」

横十間川を挟んで亀戸の向こう側にある松平家の下屋敷に荷車は次々と運び入れられた。

「おお、これが最後か。みなの者、大儀であった。勘兵衛によろしく伝えよ」

「かしこまりました。ご家老様、あとはお任せいたします」

最後の荷車とともに去っていく半太夫を見送り、みなはほっと肩の荷を下ろす。

小柳町の親切な質屋、津ノ国屋の表の大戸はずっと閉じられたままだった。

「今日も休んでるのか。全然親切じゃねえや」

質草を持って金を借りに来た職人は、舌打ちして別の質屋を探すことになる。江戸の町には質屋はたくさんあるので、津ノ国屋でなくてもいいのだ。

「みんな、悪いがもう少し辛抱しておくれ」

奥の座敷では吉兵衛が奉公人たちを集めて、現状を説明している。

「承知の通り、今、店にはほとんど銭がない。が、今月中にはお上の御用達本両替商の認可が下りる。そうなれば、ご老中にお預けした金が倍になって戻ってくるはずなんだ」

ほっとして胸を撫でおろす奉公人たち。

「あと二、三日で店を開けよう。それまでは質草の帳面の整理、次の質流れの品を売り出す引き札の用意、招福講の講仲間の入金の確認、みんなで手分けしてやっとくれ」

「へーい」

奉公人たちはそれぞれ仕事に戻り、大番頭の定七郎だけが座敷に残って、吉兵衛と向き合う。

「旦那、まだ店は開けられませんか」

「今は質草を請け出すお客しか相手にできない。品物を持ってこられてもご用立てできないからね。それと、高利でお金をお貸ししている方々からお返しいただけるようなら、受け取りに行かねばならない。今までは花川戸の親分に取り立てをお願いしていたが、先日の荷造りの際、あんなことがあったからね。親分にはあの一件は伝えられないし、かといって河内守様や田淵の旦那にも相談できないしね」

「あの、旦那様」

「なんだい」

「蔵の中のあれですが、冬場とはいえ、そろそろなんとかしなければなりません。下手に埋めたりすると、かえって証拠を残すことになりかねません。早めに土手から川に流してしまうのはいかがでしょうか」

「そうだな。あの翌日、花川戸に礼に行ったら、うちの若いやつらはどうなったと親分から言われたんで、誤魔化しておいた。過分にお礼を差し上げたらみなさん大喜びでしたので、どこかへしけこんで遊んでらっしゃるのではと答えておいたが、怪訝な顔をされた。早く始末したほうがいいだろう」

「では、暗くなったら川に流します」

「気づかれないように、注意するんだよ」

「はい。お金、ほんとに今、店には全然ないんですか」

「帳場を見て、わかるだろう。少しはあるけど、みんなには、ないと思わせておいたほうがよかろう」

「ご老中の若狭介様のお屋敷を訪ねるというのは」

「それは駄目だよ。ご老中をなさっているようなお殿様に、面識もないわたしなんぞが約束もしないで軽々しくお目にかかれるわけがない」

「じゃ、勘定奉行の畠山様はどうでしょう」

「だが、百文銭のことは決して漏れてはいけない。会ってくださるかどうか」

「しかし、ご老中からお返事をなかなかいただけないということは、お伝えしたほうがよろしいかと」

「わかった。じゃ、これからお訪ねしよう。書面はあとあと証拠になって厄介だから、直接会うしかない。お屋敷じゃ門前払いかもしれないがね」

「お屋敷は飯田町（いいだまち）です。おわかりですか」

「うん、切絵図に出ている」

「なら、お城からお戻りの刻限がいいでしょう」

夕餉のあと、勘兵衛は亀屋の二階で文机に向かってぼんやりしていた。

なんとか、うまくいったようだ。津ノ国屋が蓄えた百万両をうまく引き出し、本所の小栗藩下屋敷に届けることができた。吉兵衛と大番頭の定七郎をまんまと引っ掛けた玄信の芝居には舌を巻く。

あの騙りの筋書きは津ノ国屋が相模屋を嘘の造り酒屋で騙して身代を破滅させた手順をそのまま応用し、玄信と相談して嘘の百文銭改鋳をでっちあげ、百万両を奪ったのだ。

あの日、一足先に柳橋から帰ってきた半次の報告で、大番頭の定七郎が吉兵衛についていて茶屋に来たというので、少し心配した。したたかな定七郎は吉兵衛に輪をかけた悪党だ。玄信の正体、ひょっとして見抜かれるかと思ったが、かえってよかった。改鋳資金の百万両、吉兵衛は余裕がないので出せないと渋ったそうだが、横から定七郎が耳打ちして、来年に二倍か三倍になるのなら、しばらくやりくりすれば出せると言い切った。あの大番頭め、吉兵衛よりも欲の皮が突っ張っているようだ。おかげでうまくいった。

津ノ国屋の強みは金、金の力でどんな悪事でもやりとげること。弱みもまた金、金欲しさにころりと騙されること。今でもふと思う。金さえ儲からなければ、津ノ国屋は親切な質屋のままだったかもしれない。金が敵（かたき）の世の中とはよく言ったものだ。

思いもよらなかったのは、左内が津ノ国屋の蔵で荷造りを手伝っていた富蔵一家の子分たちを斬り殺したこと。女を手込めにするような外道（げどう）は斬り捨てればいいと徳次郎が言っていた言葉がそのまま本当になってしまったのだ。聞くところによると、刃物を振りかざして金を奪おうとした悪党ども八人を瞬（また）く間にひとり残らず葬ったというから、橘左内、恐るべしである。

さて、この始末、どうまとめるべきであろうか。

「大家さん」

はっと振り向くと、行灯（あんどん）に照らされて弥太郎がにやにやしている。

「ああ、弥太さんか。おまえさんといい、お京さんといい、全然気配がなく足音も立てずに、いつも現れるんだからな」

「忍びですから」

「そうだろうけど。で、動きがあったんだね」

「はい、ずっと津ノ国屋を張っておりましたが、しばらく戸が閉まったままで、商売は休業のようです。で、今日は珍しく吉兵衛が外へ出てきました。どこへ行くのかとあとをつけましたら、これが飯田町のほうへ向かいました」

「飯田町というと」

「おそらくは畠山安房守の屋敷だと思いました。勘定奉行は本丸の御殿勘定所に詰めていますが、七つに退出しましょう。そう思っていたら、やはり吉兵衛、七つ過ぎに安房守の屋敷の近くでじっとしております」

「辻番が怪しまないのか」

「あのあたりは大名は少なく、ほとんど旗本ばかりで、町場もありますから、町人が歩いていても別段怪しくありません。しばらくすると、畠山家の定紋のついた駕籠が屋敷に近づいて、門前で止まり、安房守が駕籠を降ります。そこへさっと吉兵衛が近づき、畏れながらと声をかけます。奉行が振り返る。供が主人を庇うように立ちふさがる。なんじゃ、そう安房守が言います。お奉行様、津ノ国屋にございます、吉兵衛がそう申しますが、奉行は首を傾げるばかり。まだ夕暮れには間がありよく見えます。玄信先生は小太りで体格は安房守に似ていなくもないのですが、顔は全然似ていませんね。お見忘れですかと言いながらも、吉兵衛は首を傾げ、畠山安房守様でございますね、と尋ねます。お供が、それがどうした、直訴はならぬぞと吉兵衛を追い払い、屋敷に入っていく。門前に吉兵衛が立っていると、怖い顔の若党でしょうか、屋敷から飛び出して、吉兵衛を睨みつけるので、すごすごと引き返しました」

「別人と気がついたか」

「はい、おそらくは。そこでどうするかと見ておりますと、今度は日本橋本町に向かいました」

「なるほど、和泉屋に行くんだな」

弥太郎はうなずく。

「和泉屋長兵衛には会えたのか」

「吉兵衛はしばらく店先をうろうろして、思い切ったように店の中へ入っていきました。しばらくして店の番頭と思しき屈強の男につまみ出され、往来へ突き飛ばされます。和泉屋長兵衛が店先に出てきて言いますには、変な言いがかりは止めとくれ、おまえさんをだれにも引き会わせたことなんてないよ」

「騙されたと気づいたのかな」

「さあ、勘定奉行が別人とは気づいたでしょう。和泉屋の役は半さんがそっくりだったので、ひょっとして、和泉屋と偽の勘定奉行が自分を騙して百万両を奪ったと思ったかもしれません。すごすごと自分の店に引き返していきました」

騒動が起きたのはその夜のことである。大きな俵を乗せた荷車が土手のほうに向かうのを火の用心で夜回りしていた自身番の番人が見とがめ、押し問答になった。番人が拍子木を大きく打ったので、火事かと飛び出してきた近隣の者が荷車を取り囲み、俵の中身の死体が見つかり、大騒ぎとなったのだ。

死体を運んでいた三人の男は小柳町の津ノ国屋の奉公人と名乗り、抵抗せずに荷車ごと自身番に留め置かれた。

翌朝、三人の男と荷車の死体は大番屋に送られ、そこに津ノ国屋主人吉兵衛が呼び出され、南町奉行所与力による詮議となった。

吉兵衛の申し開きは、数日前に質屋の蔵に入った盗賊を雇っていた用心棒が成敗した。本来ならお上に届け出るべきではあるが、店で人殺しがあったと世間に広まると商売に差し支えるので、公にせず死体をしばらく蔵に置いていたが、夜陰にまぎれて川に流すように大番頭の定七郎とあとふたりに昨夜指図した。盗賊を斬った用心棒は後難を恐れて姿を消した。

間もなく死体の身元が花川戸の富蔵の子分たちであることが判明し、富蔵も大番屋に呼び出された。富蔵の言い分は、津ノ国屋から蔵の整理に人手がほしいと頼まれて子分を貸しただけで、決して盗賊ではない。どうして子分が斬られたのかわからないと主張する。

与力の判断で、富蔵は子分たちに盗みを働かせようとした疑いがある。罪人の疑いがある場合は小伝馬町の牢屋敷に収監し、白洲での裁きとなる。ゆえに富蔵は牢送りとなった。

吉兵衛は与力に袖の下を渡して、北町奉行の柳田様に連絡してほしいと頼んだ。今月は南の月番であり、河内守はお裁きに関与しない。袖の下は違法である。ゆえに与力の判断で吉兵衛は奉公人ともども牢送りとなった。

南町奉行磯部大和守の吟味は素早かった。

津ノ国屋が財をなした招福講は違法の陰富であり、また、裏で闇の高利貸しをしており、その取り立てを請け負っているのが花川戸の富蔵である。質屋蔵での富蔵子分殺害は高利貸しに関するいざこざによるものであろう。よって津ノ国屋吉兵衛は市中引き回しの上、獄門。

富蔵は博徒でありながら、北町奉行所同心の田淵信吾から手札を預かり御用を務め、違法の賭博を黙認されている。しかも、高利貸しの手先として悪辣な取り立てを行っていることも判明した。よって、吉兵衛とともに市中引き回しの上、獄門。

死体を運んだ津ノ国屋の三人の奉公人のうち、大番頭定七郎は吉兵衛の片腕として、陰富や高利貸しに加担した。よって吉兵衛と同罪。市中引き回しの上、獄門。あとのふたりは遠島とする。


江戸城本丸の老中御用部屋に月番の南町奉行より重罪人の御仕置伺(おしおきうかがい)が届いた。

「ほう、死罪三人、遠島ふたりでござるか」

老中首座の牧村能登守が興味深そうに顎(あご)を撫でながら書面に目を通す。

五人の老中が話し合い、死罪か遠島か町奉行の伺いを承認し、将軍に伝えるのだ。

「おお、招福講でござるな。江戸の町人のうち、十人にひとりが入っておると聞いたことがある。由々(ゆゆ)しきことじゃ」

森田肥前守が眉をひそめる。

「となれば、町人の分際で相当の実入りでございましょうな」

大石美濃守も口元を歪める。

「招福講とは、なんでござろう。それがし初耳じゃ」

宍倉大炊頭が白髪頭を傾げたので、松平若狭介が言う。

「わたくしが耳にいたしましたのは、百万両を蓄えておったとのこと」

「おお、百万両とな。それだけあれば、お上が潤う。すぐに没収いたそう。が、よくもまあ、今まで表に出なかったのじゃな」

「北町奉行と昵懇(じっこん)であったとか。そんな噂もございます」

「では間違いなく獄門でござるな。ご一同よろしいか」

「御意」

「大番頭も同罪でよいかな」

「御意」

「富蔵という博徒であるが、北町奉行所同心の手先をしておったという。手先の悪事は極刑と決まっておる。獄門でよろしいかな」

「御意」

「津ノ国屋の奉公人ふたりが遠島とあるが、これはちと厳しいのう。江戸払いでどうであろう」

「御意」

「うーん、北町奉行と同心は至急目付に調べさせたうえで厳重に処分いたそう」

「それがよろしゅうございます」

北町奉行柳田河内守は津ノ国屋からの不正の献金と吉原から一万両で身請けされた

遊女を妾にしていたことが発覚し、追及を逃れるために自刃したが、柳田家は断絶となった。

富蔵を手先に使い、津ノ国屋から饗応を受けていた北町奉行所同心の田淵信吾は罷免され、八丁堀から行方をくらませた。

しんしんと雪のふる夕暮れの柳原土手を浪人となった田淵信吾があてもなくふらふらと歩いていた。富蔵が首を晒し、奉行が腹を切り、養家が潰れ、この先、辻斬りでもするしかないか。

「田淵殿とお見受けいたす」

柳の陰からすっとひとりの浪人が現れ、声をかけてきた。

「何者じゃ」

「名乗るほどの者ではない。拙者、ただの食い詰め浪人でござるよ」

「辻斬りならお門違いだ。俺は同心をお役御免になって、金なんかないぜ」

「金などいらん。奉行が腹を切ったのに、貴公が生きておるのは、ちと理不尽じゃな。世間の帳尻が合わぬではないか」

「なんだと」

「先日、花川戸の富蔵の子分が死ぬ前に言うておった。相模屋与右衛門を殺したのは自分たちではない。吉原で女を町奉行に横取りされた相模屋がことを表沙汰にしようとして、同心の旦那に斬られたのだと。違いないか」

「なんだ、そんなことか。奉行に頼まれてやっただけだ。それがどうかしたか」

「どうもせぬ。ただ、近頃、虫けらばかり斬っていたので、まともな腕試しがしてみたくなった。貴公、できるらしいからな」

「ほう、そんなことか。いいぜ。俺でよけりゃ、相手になってやろう」

雪の中で向かい合うふたりの浪人に夕闇が迫る。

十一月の晦日である。亀屋の二階に店子たちが集まり、恒例の酒宴となった。今回も井筒屋作左衛門が招かれ、福々しい恵比寿(えびす)顔でみなを見ている。

「いやあ、いつもながら、みなさんのお働き、ご苦労様でした。したたかな津ノ国屋と大番頭、それに花川戸の富蔵、三人の首が小塚原にさらされました。しかも今日は朝から雪です。雪の中で首をさらすとは、悪党ながらいささか哀れに思えました。では、お待ちかね、店賃をお渡しいたします」

久助が恭(うやうや)しく受け取った包みをそれぞれに配る。

「あの、左内さんがまだなんですけど、どうしましょう」

「膳の前に置いとけばいいよ」

「はい」

「うわああ」

半次が叫ぶ。

「なんですう。こんなにたくさん。十両も」

みなもそれぞれ包みを開いて驚く。

「はい、みなさんのお働きのおかげで、百万両でございますから」

勘兵衛が怪訝な顔をする。

「しかし、井筒屋さん。あのお金、まさかお殿様のものに」

「いえいえ、とんでもない。あれは南町奉行磯部大和守様の没収ということにして、お上のご金蔵に収納されました。お上の財政の足しになれば、世の中、少しは景気がよくなるんじゃないですか」

「それを伺い安心しました。悪人の貯め込んだあぶく銭がお上のものとなり、景気が回復するなら、こんなめでたいことはない。さあ、みんな、祝い酒、始めましょう」

「遅参いたし、申し訳ない」

階段から左内が青白い顔を出す。

「左内さん、雪の中、ガマの油を売ってたんですか」

「油は売っておったが、ガマではない。ちと帳尻を合わせたい野暮用があってのう」

「今、始めようとしたところ。さ、左内さん、膳の前にどうぞ。店賃も用意してありますから」

「おお、かたじけない」

「さ、井筒屋の旦那、どうぞ」

作左衛門の横にいたお梅が酌をする。

「お梅さん、これはどうも。さ、わたしからもいきましょう」

「あたし、今回はなにも働いていないのに、十両なんて、申し訳ないわ」

「そんなことないよ、お梅さん」

勘兵衛がにこやかに言う。

「この前、ちょっと飲みすぎて、寒さのせいもあって風邪をひいただろ。おまえさんが煎じてくれたお薬で、すぐに快復し、頭も冴えて、おかげで津ノ国屋を陥(おとしい)れる算段を思いついた。この長屋におまえさんのような名医がいてくれて、ほんとによかった」

「まあ、大家さん、お気遣いいただきまして」

半次が悔しそうに言う。

「大家さん、飲み過ぎたって。あの晩、お京さんとふたりで飲んで、それで風邪ひいたんでしょ」

「え、半さん、おまえさん知ってたのかい」

「みんな知ってますよ。ねえ」

うなずく一同。

「そうかい。みんな知ってたのかい。いいだろ、この歳になって、別嬪とふたりで飲むのは楽しいもんだよ。色気抜きだけどね」

「いいなあ。あっしも色気抜きでいいから、お京さんと飲みたいなあ」

「ううん、半ちゃんはお断り」

お京がにやつきながら、首を横に振る。

「じゃ、お梅さんとふたりで」

「あたしもお断り」

「ああ、また振られちゃった。近頃は二平さんでさえ、もててるのになあ」

みんなに見られて、黒い顔を赤黒くする二平。

「なんだい、半次さん。なんのことだよ」

「知ってるよ。大工の留吉がやきもち焼いてたよ。女房が鋳掛屋と仲がいいらしいって。おまえさんのことだろ」

「ああ、そのことか。ときどきあそこの長屋で呼び止められて、鍋を直したりしてるけどね。おかみさんがいれてくれた熱い茶がうまいんだ。茶を飲みながら世間話はするが、あたしだって色気抜きですよ」

楽しそうに笑う一同であった。

「井筒屋さん、今日もまた、お酒をありがとうございます。今回もおいしゅうございますが、やはり下り酒ですか」

「はい、勘兵衛さん。鍋町の相模屋が新しく店開きしたんです。まだ規模は小さいですが、以前と変わらぬ伏見の銘酒を扱っていますので、開店祝いに大樽を買いました」

「わあ、うれしいなあ」

津ノ国屋の悪事で破綻した鍋町の相模屋は、与右衛門が離縁した女房が引き取っていた息子に無償で下げ渡され、番頭が横領した財産も返済されて、離散していた奉公人たちも戻り、無事に営業を再開したのだ。

幕府は招福講の被害者である講仲間に一律一両を支給し、陰富に等しいあらゆる講を禁止した。胡散臭い富くじや投機に走る者どもよりも、勤勉な民こそが優遇され、幸福になるべきである。おかげで江戸の町の景気は回復に向かっている。

二見時代小説文庫

大江戸秘密指令2 景気回復大作戦

二〇二三年 七 月二十五日 初版発行

著者 伊丹 完

発行所 株式会社 二見書房
〒一〇一-八四〇五
東京都千代田区神田三崎町二-一八-一一
電話 〇三-三五一五-二三一一［営業］
〇三-三五一五-二三一三［編集］
振替 〇〇一七〇-四-二六三九

印刷 株式会社 堀内印刷所
製本 株式会社 村上製本所

ISBN978-4-576-23078-8
https://www.futami.co.jp/